Für Yasmeen Olya

Fischherz

Michael Hirle

Gelb die Felder,
um nichts kümmernd als um sich selbst,
ich schreibe deinen Namen mit Honig,
du selbst hast ihn dort hineingelegt,
als er noch Blüte.
Jeder Tag ein Wieder und Wider,
hier und an anderer Stell',
über mir ein Himmel,
der diese Erde hält
und auch die Anderen,
die nur aus der Fern' gesehen,
sanft seine Hand,
gerecht
und aller Liebe Wert.

Kapitel 1 - Gelb die Felder

Neue Welt, Ankunft Winter 90,
gelb die Felder, Gold in den Flüssen,
so erzählte man mir, jene die schon dort waren,
Erinnerungen brachten und leere Taschen. Die Fahrt
dauerte 3 Tage länger als geplant, mein Proviant
ausgedünnt auf trockene Krümel und weichen Zwiebeln
die wie Schweiß rochen. Mein Koffer gefüllt mit
schmutziger Kleidung, Rasiermesser, Notizbuch,
Tinte und Bücher, das Heiligste von ihnen, gewickelt in
ein Tuch. Eisberge und ein Wal brachten die
Verzögerung. Diese ins Meer geworfenen Größen
bereiteten mich auf die Größe eines Landes vor,
welches die Ausmaße meiner Heimat weit überragten.
Als legte man eine Walnuss neben einen Kürbis.
Die Sterne wuchsen jede Nacht ein Stückchen mehr
und als ich ankam, ach mir war's, als fuhr das Schiff weit
über die Erdenränder hinaus, hinaus auf eine neue Erde,
die den Sternen näher, als die höchsten Berge auf denen
ich stand und Gebete sprach und Dank.
Mein Mantel konnte der Kälte nur schwerlich
widerstehen, die mich am Hafen empfing,
die so anders war, als die mir Bekannte.
Das Tier, welches das Leder und das Fell zu Lebzeiten
in den Wintern meines Landes trug und wärmte, würde
sich hier wohl unter den Stiegen der Holzhütten
verkriechen, welche hier die Straßen säumten.
Ein kühler Wind wehte den fallenden Schnee hinaus

auf's Meer, wo sich der Ozean sich seiner annahm.
Ihn seiner Süße beraubte, ihn in Salz über Jahre
konservierte. Die Pferde stießen warmen Rauch in den
Nachthimmel. Kutschen holperten und knisterten über
den gefrorenen und steinigen Boden, der sich in Gassen
teilte, in denen Musik und Lärm erklang. Man empfahl
mir ein Zimmer, etwa 2 Stunden vom Pier entfernt,
welches von einem älteren Ehepaar vermietet wurde,
dessen Sohn in einem mir nicht bekannten Krieg diente.
Kriege gab es hier wohl viele,
man riet mir zu einem Revolver,
den ich ablehnte.
Ich nahm eine Kutsche deren Kutscher um
Aufmerksamkeit buhlte und das für nicht wenig Geld.
Die Landschaft die an mir vorüberzog lag in einem
traurigen Dunkel, nur das Weiß der Berge, drang durch
den verschlossenen Mund. Der Mann neben mir roch
nach Schweiß und Bier, ich hatte Angst er würde sich
bei der zügigen Fahrt übergeben. Ähnlich dachten wohl
auch die beiden Damen mir gegenüber und der
knurrende Hund auf deren Schoß. Dem Mann war dies
egal, er wand sich zwischen Wach und Schlaf, zwischen
Fenster und meiner Schulter. Der Mond richtete sein
Auge auf uns, starrte durch die Kutschfenster,
mal von der einen, dann von der anderen Seite und ließ
die Sterne verblassen, die auf dem Meere noch wie frisch
polierte Münzen schimmerten. Manchmal war ein Feuer
zu sehen, das gegen die Kälte anfocht und Silhouetten
um sich versammelte. Manchmal war der Ruf einer Eule,
oder eines Kauzes zu vernehmen oder war's ein anderes

Tier, das den Hund zu sich lockte. Kein Knurren,
nur die Aufmerksamkeit. Irgendwann schliefen auch
die beiden Damen, wohl Mutter und Tochter in üppigen
Kleidern und seltsamen Düften. Irgendwann waren auch
die Fenster von einem Schleier überzogen, die ich frei
rieb um das Ziel noch vor dem Kutscher zu erspähen
und der Müdigkeit zuvorzukommen,
die schon stark an mir zog.

In dem Haus brannte noch Licht, ich hoffte, dass sie der
Brief erreichte, den mein Freund sandte und mein
Kommen ankündigte. Eine alte Frau öffnete die Tür,
sie ging gebückt und hatte einen Buckel, über ihren
Schultern, eine Decke die bis zum Boden reichte.
Sie sprach schnell und in einer Sprache die ich vorher
kaum in Sätzen verwendete, Bruchstücke nur.
Ich hatte ein kleines Wörterbuch und ein
Abenteuerbuch, welches in der Sprache verfasst war.
„Wir   sie schon vor 3 Tagen   .
Das Zimmer ist   schon   .
Aber sie können hier im   bis morgen schlafen.
Kommen sie rein."
Sie machte noch eine Tasse Kaffee und schöpfte aus
einem großen verbeulten Topf, lauwarme Suppe in einen
verbeulten Teller und reichte mir ein Stück Brot dazu.
„Sie kommen aus   , das erwähnte ihr Freund,
wie geht es ihm? Er war nett und half im Garten,
wir haben   , die sind auch in der Suppe,
ich hoffe sie   . In ihrem Zimmer schläft jetzt der
General. Er hat einen   und viele Koffer.

Nur rauchen muss er draußen. Sie sind Lehrer?
Was   sie? Und warum hier?"
Ach es waren so viele Fragen und ich war zu müde für
all die Worte die ausführlich hätten Antwort
geben können. Nachdem ich gegessen hatte,
legte sie mir die Decke von ihren Schultern über Meine
und ging in das letzte Zimmer des Flurs. Sie deutete auf
den Teppich der dort lag und wünschte eine gute Nacht.
Ich hörte noch wie sie zu ihrem Mann sprach und ich
schlief ein.

Erst zwei sanfte Tritte an meine Schulter weckten mich.
„Junger Mann, es gibt Frühstück. Wenn sie   wollen,
dann stehen sie jetzt auf." Der Mann hatte eine tiefe,
alkoholgewaschene Stimme und sprach sehr undeutlich.
Sein weißer Bart um den Mund, gelb gefärbt.
Der Frühstückstisch war schon gedeckt, am Ofen stand
die Frau und schlug Eier in eine Pfanne, am Tisch saß
der General, seinen Hut neben sich, sein prächtiger
Schnurrbart zu beiden Seiten nach oben geschnörkelt.
Mir war mein Aussehen unangenehm. Ich war noch
ungewaschen und unrasiert und es war Sonntag.
„In einer Stunde beginnt die Kirche." Und als ob die
Frau meine Gedanken lesen konnte…"
Eine   steht im Garten neben dem   ." Der General
beäugte mich mit tief liegenden Augen überwuchert
von üppigen Augenbrauen, er erinnerte mich an einen
Uhu, der in den Wäldern meiner Heimat die Nächte mit
seinem Ruf so besonders machte und
den ich jetzt schon vermisste, auch wenn zwischen

Abschied und Ankunft erst ein paar Wochen lagen.
Die Nächte auf dem Meer, mit ihren immer selben
Frage-Antwort-Spiel, zwischen Welle und Bug,
steckte noch immer in meinen Knochen und den
ausgleichenden Gang zum Phantom-Schwanken,
gewöhnte ich mir erst langsam ab, den ich über die
Wochen der Überfahrt verinnerlichte.
Mein Anblick muss ein seltsamer gewesen sein,
auch als ich die Kirche betrat.
Zwischen all den schwarzen Menschenkerzen,
die aufrecht standen und das Gebetsbüchlein in der
gefalteten Handschale wogen, während die Orgel auf
ihren hölzernen Flöten ein atemloses Lied pfiff,
schritten wir als Letzte in den Kirchenraum. Schnell war
ein Platz in der ersten Reihe gefunden, der wohl schon
seit vielen Jahren dem alten Paar vorbehalten war,
auch der General fand dort Platz, kein Büchlein, aber
seinen Hut auf dem Schoß. Ich kannte die Melodien der
Lieder, doch die Texte blieben mir fremd, erwog man
hier doch die Heimatsprache und nicht das mir bekannte
Latein. Der Ablauf der Zeremonie unterschied sich kaum
zu der in meiner Heimat, zum Abendmahl reichte man
gestanzte Oblaten, die wie Münzen aussahen und uns
vom Tode freikauften. Der Pastor ließ erst den Blick über
die Bänke schweifen, als würde er zuerst seine Schäflein
zählen, ehe er begann, am Ende gab es einen Händedruck und die Frage nach meinem Namen und ob mich
auch das verfluchte Gold herführte. Ich verneinte,
dies ließ seinen Händedruck fester werden,
ich solle doch zur Bibelstunde kommen,

am Donnerstag, es gäbe auch Kuchen von seiner
Frau. Mich lockte auch eher der Gedanke an
trockenen Kuchen als an trockene Bibelgespräche, so gab
ich ein vorsichtiges Ja, welches seine zweite Hand zum
Abschiedsgruß führte. Nun war ich wohl in Gänze
Willkommen. Der General stand dicht hinter mir,
er war der Nächste der mich zum Gespräch führte.
Ich verstand ihn gut, er sprach deutlich und in kurzen
Sätzen, er war es wohl gewohnt zu Fremden zu
sprechen. „Sie wollen dienen? Wir können jeden Mann
brauchen. Die jungen Männer von hier sind schon auf
ihren   , sind tüchtig und mutig. Nein an Mut und
Liebe zu ihrem Land fehlt es nicht. Gold ist was für
Fremde, auch das Silber in den Mienen, als ob es dort so
viel gäbe, dass es alle Taschen füllen könnte.
Sie sind nicht gerade kräftig, ich sah sie draußen an der
, aber wir benötigen auch Menschen mit Kopf, die nicht
nur Hüte füllen. Die roten Männer sind nicht die Gefahr,
die haben wir gezähmt, sitzen jetzt hinter den Zäunen,
wie ihre Pferde, tapfere Männer, manche kämpfen auch
für uns, aber viele trinken, ach das macht den ganzen
Stolz zunichte, aber so halten sie sich selbst in Zaum, da
stelle ich lieber noch ein paar Flaschen Schnaps vor das
Tor, als zwei Wachen mehr. Und?
Wann kann ich mit ihnen   , ich weiß, am Donnerstag
nicht, da tischt die Frau des Pastors auf, ein Tipp,
essen sie nur den Kuchen, von dem   lassen sie am
besten die Finger, das ist alt und der Keller nicht sehr
dicht, dort gehen nicht nur Ratten aus und ein.
Das haben sie aber nicht von mir! Und?“

Ich erklärte ihm, mehr schlecht als verständlich, dass ich
in missionarischer Tätigkeit hier wäre. Im Reservat für
Lesen, Schreiben und den Glauben gebraucht
werde. Mein Freund, ein Benediktiner, war hier einige
Jahre tätig, ich fragte ihn, ob er Pater Pedro kenne.
Er spuckte auf die Erde und machte kehrt,
dann drehte er sich um und meinte, dass ich es mit dem
Zölibat hoffentlich etwas genauer nehme,
die Katholiken hätten lange Soutanen, aber auch lange
Schwänze. „Nichts für ungut. Das Angebot steht
trotzdem, dass sie etwas im Kopf haben, steht außer
Frage und eine Uniform mit Stern steht ihnen besser als
eine Uniform mit Kreuz." Ich fragte ihn nach dem
Reservat, ein knappes Stirndeuten über seine linke
Schulter, wies mir den Weg. Außerhalb der Stadt im
Landesinneren, wo der Schnee nicht vom Küstenwind
umhergetrieben wurde, in der Nähe eines Waldes,
erhob sich das abgesteckte Reservat.
Holzpfähle und Stacheldraht waren die Grenzmauern,
ein kleines Dorf in dessen Mitte Rauch aufstieg.

Der Winter nicht,
bist mir nicht die Fremde,
brachtest das Weiß,
das mir schon die Heimat zeichnete
und doch erwartet mich der Zweifel,
unter jedem Schritt, der vom Schnee bedeckt,
verzögert, was ich an einem Sonnentage,
in Fülle im Sehnsuchtsauge seh'.

Krähen landeten auf dem weißen Feld, ihr Flügelschlag
schuf kleine Nebel. Der Schnee war nicht hoch,
die Borsten vergangener Sommertage grüßten mit
dürren Fingern, Schnäbel zogen an ihren Spitzen,
raubten was dem Gruße seine letzte Größe. Der Pfad
hinab war mit Asche gestreut, sie bremste meine Schritte
kaum, ich blieb dem Winter und seinen Gesetzen
verpflichtet und glitt vor eine hohe Bretterwand,
vor der zwei Männer mit dicken Mänteln saßen.
Hüte bis tief über die Augen gezogen, um den Kopf
einen Schal gewickelt, der den Hut seltsam füllig
aussehen ließ, in einem Blechkübel flackerte ein Feuer,
daneben standen zwei verbeulte Tassen und eine
dampfende Kanne. Als sie mich sahen, erhoben sie sich
und hielten ihre Gewehre vor ihre Brust. Ihre Finger
waren blau und ich bezweifle, dass sie einen Abzug
betätigen hätten können, wenn ich böses im Sinn gehabt
hätte. „Stopp, dies ist Staatsgebiet und dem Militär
unterstellt. Zutritt verboten." Dies sprachen beide
Wachen zeitgleich und ich war erstaunt, wie gut ihre
Stimmen harmonierten und auf den Punkt agierten,
wäre dies eine Bühne, ich hätte applaudiert.
Ich zeigte ihnen das Schreiben meines Vorgesetzten,
der auch schon Pedro hier her sandte. Die Worte waren
es wohl weniger, die beeindruckten, das üppige Siegel
sprach seine eigene Sprache, das ihnen vielleicht auch
schon durch Pedro begegnete. Sie schoben den Riegel
des Tores nach oben und ließen mich gewähren.
Sie fragten mich ob ich bewaffnet sei, ich verneinte.
Die Antwort war ein mitleidiges Kopfschütteln,

eine der Wachen bot mir sogar sein Gewehr,
ich lehnte ab und ging rasch durch das Tor, das nach
meinem Eintreten, wieder seinen Riegel empfing.

Die Sonne blieb von dicken Wolken verdeckt, die wie
Schafsherden zogen, eng aneinandergedrückt um die
Kälte zu verdrängen. Rauch drängte sich zwischen sie,
aber trieb sie nicht auseinander. Das große Zelt in der
Mitte des Platzes war von mehreren, mächtigen
Pfählen gestützt. Die Bäume, die dafür Wurzel, Kron'
und Äste ließen, waren einst wohl von mächtiger Statur.
Auf beiden Seiten umschlossen Blockhäuser das Zelt wie
ein Hufeisen, aus deren Schornsteine Rauch aufstieg,
doch keiner so mächtig, wie der aus der Mitte des Zeltes.
Ein Brunnen noch, um den sich eine Korona aus Matsch
bildete und ein großer Stapel Feuerholz, mit Hackstock
und Beil unter einem schiefen Holzverschlag,
mannshoch und unbelebt. Überhaupt, war niemand zu
sehen, auch nicht zu hören, außer ein paar Hühner und
ein Hund, deren Anwesenheit nur meinem Ohr
vorbehalten blieb. An der rechten Rundung des
Hufeisens, stand eine Kirche und just als ich sie
entdeckte, begann die Glocke zu läuten. Eine Glocke,
nicht größer als der Kübel der Wachen, dann öffnete sich
die Türe und Leben strömte entlang des Hufeisens.
Eine junge Frau stand an der Tür und schüttelte die
Hände, unter ihrem Rock blickte ein Kind hervor,
das dort wohl die Wärme genoss. Schwarze Zöpfe
schwangen von der Treppe und suchten, wie das Kind
unter dem Rocke, die wärmste Stell' des Dorfes.

Es waren kaum mehr als 10, überwiegend Frauen und Kinder, diese waren auch die Ersten die nach draußen stürmten und sich den Schnee für das Kindsein griffen, es auf das Alter schmissen, das aber noch zu Antworten wusste. Ich fand kaum Beachtung, die Kinder rannten an mir vorüber, die Erwachsenen blickten zu Boden und verteilten sich auf Zelt und Blockhütten. Die Frau kehrte die Stufen der Kirche. „Ich hätte es vorher tun sollen, ich vergesse es jedes Mal, zum Glück ist noch nichts passiert. Sie sind bestimmt der Neue. Pater Pedro erzählte mir von ihnen, ich   schon vor 3 Tagen mit ihrer Ankunft. Vielleicht hatten sie es sich ja schon anders überlegt, oder Gott behüte, Schiffe sinken, schneller als sie gebaut. Kommen sie rein, hier draußen….was ist denn? Entschuldigen sie, das ist meine Tochter Sue-Ann, sie ist heute etwas   . Dann flüster es mir ins Ohr. Einen Schneemann? Ich weiß nicht ob, Mr. London? Mr. Landon, einen mit dir baut, ich glaube es liegt auch noch nicht genügend Schnee und außerhalb, ist es uns nicht erlaubt. Jetzt kommen sie erst einmal herein und wärmen sich auf. Das ist unsere kleine Kirche. Pater Pedro hat sie mit aufgebaut, an irgendeinem   haben sich alle Helfer verewigt, auch er. Ich hab ihn noch nicht gefunden, Sue-Ann sucht jeden Sonntag nach ihm. Ein Spiel, ich hoffe es dauert noch etwas an. Warum sie nicht mit den anderen Kindern spielt? Das ist verboten, sie hat ihre Freunde außerhalb des Dorfes. Sie ist auch nur sonntags hier draußen, also drinnen. Die Woche über, wenn ich hier   , ist sie bei ihren Großeltern, wir wohnen nicht weit von hier, sie können sogar auf

das Dorf blicken, manchmal winkt sie von dem Hügel,
ach ich erzähle und erzähle und sie sind noch gar nicht
zu Wort gekommen. Jetzt sie." Über erste Sätze kam ich
nicht hinaus, als sich Sue-Ann losriss und Richtung Zelt
lief und ihre Mutter hinterher stürzte, sie nicht zu fassen
bekam, aber über die Stufen nach unten glitt. Ich bekam
sie noch zu greifen noch vor ihrem Schrei, den ihr der
Schrecken entriss. Sue-Ann blieb wie angewurzelt stehen
und blickte zu ihrer Mutter und auch einige der Dorf-
bewohner öffneten Tür oder Fenster. „Ja, ja….alles gut,
danke, es geht schon….Sue-Ann, du kommst sofort her.
Wir gehen jetzt zu Opa und Oma. Hol deine Sachen…"
„Ma…" „Mach jetzt. Es tut mir Leid, ein anderes Mal,
ist es wohl entspannter. Morgen zum Beispiel, ihr erster
Arbeitstag. Um 7:30 Uhr hier vor der Kirche. Ich sag den
Wachen Bescheid, damit es morgen keine Probleme gibt.
Ach ja, und danke für das Netz bei meinem Stufentanz.
Vielleicht machen wir dies morgen zuerst, also Asche
auf die Treppen. Sue-Ann, wo bleibst du denn? Dieses
Kind…Sue-Ann?…" Wir gingen nochmal in die Kirche.
Auch nach mehrmaligem rufen kam keine Antwort.
Die Kirche war schon in freudiger Erwartung. Ein Baum
stand bereits im Altarraum, ungeschmückt, auch eine
Krippe, ohne Figuren. Ein kleiner Holzofen mit einer
Kochplatte, auf der eine Kanne stand, verdeckt von
einer tragbaren Tafel, die für den Gottesdienst zur Seite
geschoben wurde. Ein Tisch mit Tischtuch markierte
den Altar, darauf lag eine Bibel, aufgeschlagen mit der
aktuellen Lesung, dahinter ein grünfleckiges Messing-
kreuz mit dem Gekreuzigten, das unsere Suche spiegelte.

„Sue-Ann Schatz, wo bist du?" Der untere Bereich war
schnell abgesucht, in der Sakristei war kaum Platz für
ein Versteck und der Chorbereich, zu dem eine
knarzende Treppe führte, beherbergte nur eine kleine
Hausorgel, mehr Akkordeon denn Orgel, wir gingen
mit eingezogenen Köpfen, die Decke war zu niedrig für
stehende Menschen, der Chor gedacht für Kinder.
Notenblätter die auf dem Boden lagen, bewegten sich
wie kleine Segelboote, angetrieben von feingesiebten
Windstößen, die ihren Weg durch die Schindeln fanden.
Kein Kind, nur tanzende Spinnweben und gestapelte
Bücher. Dann erblickten wir Sue-Ann, wie sie sich unten
aus ihrem Versteck hervorwagte. So, wie sie unter dem
Rock ihrer Mutter Wärme suchte, fand sie Schutz und
Ruhe unter dem Altartisch, dessen Tischtuch bis zum
Boden reichte, wohl um einen steinernen Altar zu
suggerieren. Ihre Mutter wollte schon zu Worten
ausholen, ich hielt sie zurück...im Glauben sie brauche
diesen Ort... „Ma, wo bist du?" „Hier oben Schatz,
ich ähm zeige Herrn London, Landon, die Bücher.
Hast du alles, dann können wir jetzt gehen?"
„Ja. Meinst du Oma hat Kuchen gebacken?"
„Ganz bestimmt. Wie jeden Sonntag."
„Ui, ja dann lass uns gehen!"
Als wir an dem Zelt vorbeigingen, schaute ein Junge
aus dem schwarzen Spalt, ein sanfter Wink Richtung
Sue-Ann. Sie versuchte mit derselben Bewegung zu
antworten, doch ihre Mutter zog sie wie einen Hund zu
sich in Sichtweite.
Wir verabschiedeten uns am Tor, wo ich noch den

Wachen vorgestellt wurde,
die nun wesentlich freundlicher wirkten.
„Dann bis morgen, jetzt wirklich. Und danke nochmal!"

Als ich meine Koffer abholen wollte, bat mich das Ehepaar noch zum Essen zu bleiben, auch das Zimmer wäre
nun frei, da der General zu sich nach Hause ritt, das
nicht weit von hier lag. Die Frage, warum er nicht gleich
dorthin ritt, beantwortete sie nah und mit
gedämpfter Stimme…"er war gestern zu betrunken."
Ob er sich schämte oder den Ärger seiner Frau
vermeiden wollte, verriet sie mir nicht. Das Zimmer roch
noch nach Tabak, der auch den Schleier von
Hochprozentigem nicht verbergen konnte. Ich freute
mich über den kleinen Holzofen und die Aussicht,
dass ich erstmal hier bleiben konnte, wenn ich die Miete
wöchentlich in die alte Tabakdose auf meinem Nachtisch
hinterlegen würde. An der Wand hing ein Kreuz und das
Bildnis einer Landschaft. Ein finsterer Wald mit Krähen
darüber. Vor dem Wald etwas Weißes. Ob es ein
Gespenst oder ein Hirsch war, konnte ich nicht
erkennen, je näher ich an das Bild herantrat, desto
undeutlicher wurde es. Ich würde es der Ferne und
meiner Fantasie überlassen, was dort zu sehen sei.
Ich vermisste meine Wälder, die mich mit Schatten
überzogen, als wären es die Muster meines Mantels.
Es war Zeit für meinen Koffer und etwas Schlaf.
Ich rückte einen der beiden Stühle unter das hängende
Kreuz und stellte mein kleines Kreuz und die Bibel
darauf. Etwas Heimat. Eine Matratze.

Wie lange ich auf keiner mehr lag, Kissen und Decke rochen frisch, ich sank umgehend in einen Schlaf, der lauter war als die frühe Nachmittagsstund'. Er zog mich in einen Traum, der sich in verdrängte Leidenschaften goss. Erst ein Klopfen an die Tür riss mich zurück in das fremde Jetzt, den geträumten Ort, vergaß ich umgehend. „Abendessen."

Die Nacht bestand aus Regentropfen,
die Kälte war nicht groß genug für weiches Kristall.
Die Kerze neben dem Kreuz tanzte, die Fenster waren nicht ganz dicht, ließen den Wind Raum für Flüsterwehen, auch wenn der kleine Ofen immer wieder Wärme ausatmete. Meine Gebete würden heute nicht für all den Dank ausreichen, den ich verspürte.
Die Unsicherheit des nächsten Tages, ließ mich noch lange wachliegen, ebenso wie das Hinabgleiten des angetauten Schnees. Auch die Geräusche erschienen mir mit Fremde behaftet, auch wenn ganz vertraute Dinge geschahen. Es bedarf Zeit. So die Worte meines Cellerars. Die Träume waren bereits heute Nachmittag aufgebraucht, wohl auch der Schlaf.
Bis in die Morgenstunden blieb es ein Abwägen der zu beschlafenden Seiten. Irgendwann blieb ich auf meinem Herzen liegen, erstaunt, dass die eigene Schwere nie ausreichen würde, es zu erdrücken,
dafür genügte alleine ein Gedanke.

Kapitel 2 - Um nichts kümmernd als um sich selbst

Ich hatte schon auf halbem Wege nasse Füße.
Der Regen hatte die Landschaft über Nacht in ihr altes
Gesicht verwandelt, welches mir bisher verborgen war.
Gelbbraune Felder, die an einen nun grünen Wald
grenzten. Da der Weg ins Reservat hinab führte,
begleiteten mich kleine Bäche, die an dem Tor in einem
kleinen See mündeten. Die Wachen standen auf ihren
Stühlen, deren Beine einige Zentimeter in einer
braunen Brühe verschwanden. Doch um das Tor zu
öffnen mussten sie hinabsteigen, sie taten dies murrend
und die Freundlichkeit des gestrigen Abschieds blieb
nicht erhalten. Als sich das Tor öffnete, floss einiges an
Höhe ab. Meine Stiefel waren inzwischen zwei
Schwämme, die alles aufsogen, was noch Platz zwischen
meinen Zehen fand. Die Lehrerin winkte mir schon von
Weiten. Nun erfuhr ich auch ihren Namen:
Ms. Josephine Meyer, sie hatte wohl deutsche
Vorfahren, die sich hier niederließen um etwas Glück
zu finden, eines, was die Heimat nicht brachte.
„Das mit der Asche hat sich wohl erledigt!
Nun kommen sie erstmal rein und ziehen die Schuhe
aus, ich hab   , sie gehören den Organisten, dessen
kalte Füße auch viel falsche Töne   . In Kürze wird
es hier eh warm werden, zum Glück ist die Kirche nicht
zu groß und nicht aus Stein, da bleibt die mitgebrachte
Wärme erhalten.
Es werden 4 Frauen, 2 Männer und 3 Kinder kommen.
Das klingt nach nicht viel, doch es werden immer mehr.

Die ersten Tage stand ich hier alleine mit Pater Pedro,
dann kamen die Kinder, dann die Mütter und
Großmütter, dann, naja die Väter nicht,
aber die   die sich hier wärmen und sich über das
Mittagessen freuen, das es hier nach dem Unterricht
gibt. Lesen und Schreiben und natürlich die Bibelstunde,
werden ihre Aufgaben sein. Wir werden uns
abwechseln. Wenn sie eine Frage nicht verstehen,
geben sie mir einfach ein Zeichen,
Blickkontakt oder so was, dann versuche ich es zu
übersetzen. Ich hoffe ich spreche nicht zu schnell
oder zu viel und überfordere sie nicht…"
Ich verneinte natürlich höflich.
„Das ist der Stamm der Lakota, oder jene, die davon
übrigblieben, einige sind in die Berge geflüchtet oder
zu anderen Stämmen, sie leben sehr zurückgezogen.
Manchmal hört man sie singen und Trommeln
schlagen, das hat natürlich wenig mit unserem Glauben
zu tun, aber sie sind friedlich und höflich, zumindest
die Frauen, die Männer bekommen wir kaum zu
Gesicht. Unser Tag endet um 15 Uhr, nur Freitags schon
um 13 Uhr, nach dem Mittagessen. Jeder besitzt eine
Tafel und Bücher, die sie nur über das Wochenende
mitnehmen dürfen um zu lernen, sonst bleiben diese
hier. Jeder hat seinen Platz, sehen sie die Stühle,
alle haben Seitenlehnen, darauf kommt ein Brett,
somit hat jeder sein eigenes kleines Pult. Namen nenne
ich noch keine, es sind nicht viele und wenn sie es selbst
sagen, haben sie ein Gesicht dazu. Um 15 vor Acht läute
ich die Glocke 10x. Das dürfen sie gleich übernehmen,

einatmen, ausatmen, Schlag, die letzten 5x dann etwas
schneller. Das schaffen sie. Ach ja, und hier der Zweit-
schlüssel, falls ich mal krank bin, oder zu spät komme."

Eigentlich musste ich nicht läuten, die Gerufenen kamen
auch ohne Ruf, mit gesenktem Blick, oder sich
unterhaltend, gingen sie an mir vorbei, während
Ms. Meyer sie an der inneren Tür in Empfang nahm,
sie deutete mir auch, mit dem Läuten aufzuhören,
mehr würden nicht kommen. Als alle ihren Platz
eingenommen hatten, begannen wir mit dem
„Vater Unser", erst dann wurden weltliche Worte an
alle Gekommenen gerichtet. „Wie ihr schon bemerkt
habt, haben wir heute, ab heute, jemand Neuen in
unserer kleinen Gemeinschaft. Mr. Landon aus London?
Ja, jetzt hab ich es richtig, ist nicht so ganz leicht.
Er wird ab heute Schreiben, Lesen und die Bibelstunde
unterrichten und mir und euch aber ebenso in den
anderen Fächern helfend zur Seite stehen. Wir machen
eine kleine Vorstellungsrunde, am Ende wird dann
Mr. Landon ein paar Worte über sich sagen. Rita du
beginnst, jetzt hab ich's schon verraten, also…"
Ich bin Rita, das ist mein Sohn Eagle, ich meine Daniel."
„Ich bin Daniel." „Mary und…" „Sarah." „Emily und
mein Sohn….komm schon…er ist ein wenig
schüchtern…Christian." „Rote Feder."
„Entschuldige, nicht Rote Feder, sondern…." „…."
„Ruth, ist ihr Name und dort hinten sitzen George
und Nathaniel, sie sprechen nicht viel.
So, nun, das Wort an sie." „Ich bin Mr. Christoper

Landon, aus London, das A macht den Unterschied, Moment, ich schreibe es gleich an die Tafel, sehen sie, so schnell wird man zu einer Stadt. Aber geboren wurde ich in der Schweiz, ich lebte dort, bis man mich nach London sandte. Ich bin 32 Jahre alt, gehöre dem Orden der Benediktiner an und werde in nächster Zeit, so Gott will, bei ihnen sein. Ich bin noch in der Ausbildung und habe mein Gelübde noch nicht abgelegt, das heißt, ich darf die Messe noch nicht mit ihnen feiern, das macht dann wie gewohnt Pastor…?" „Wilson." „Pastor Wilson. Ich freue mich hier zu sein und wenn sie Fragen haben, dann immer her damit." „Fahren sie wieder zurück nach London, Mr. Landon, hier ist nichts was sie bringen könnten." „George! Entschuldigen sie, normalerweise spricht er nicht. George, ich möchte, dass du…"
„Es ist schon in Ordnung, Ms. Meyer, George…"
„Ich bin nicht George. Und das ist nicht Nathaniel, Christian oder Daniel…oder wie ihr sie alle nennt…"
„George ich würde dich bitten, jetzt still zu sein, oder zu gehen. Du hast die Wahl. Niemand wird hier gezwungen." „Ach nicht? Kommt wir gehen."
In diesem Moment erhoben sich alle von ihrem Platz.
„Ich glaube, es würde meinen Vater nicht sehr erfreuen, wenn ich ihm von diesem sehr unschönen Moment erzähle. Noch ist nichts passiert und wir können diese Situation vergessen, finden sie nicht auch Mr. Landon?" „Sehen sie, wir werden nicht gezwungen…" Als sich George setzte, setzten sich auch alle anderen. „Eine weise Entscheidung.
Bitte, gebt mir jetzt eure Tafeln.

Mr. Landon wird sie in der Zwischenzeit korrigieren, während ich mit euch in Mathematik ein neues Kapitel beginne: Dividieren."

Die Stunden waren zäh und ich fühlte mich in meiner Haut unwohl, nun vor Menschen zu stehen, die, wie mir schien, nicht ganz freiwillig hier waren. Es gab so gut wie keine Wortmeldungen, nur die Kinder schienen wirklich interessiert. Um 13 Uhr brachten die beiden Wachen einen großen dampfenden Topf. Ein Metzger bereitete täglich eine Mahlzeit zu und brachte sie in einem Topf vor das Tor. Die Wachmänner schöpften schon vorher etwas in ihre Schüsseln, ehe sie ihn dann zu uns in die Kirche trugen. In ein Tuch gehüllt, ein Leib Brot. Selbst beim Essen war es ungemütlich still, es regierte ein hungriges Schlurfen nach Nahrung und Wärme. Nach dem Essen begann die Bibelstunde. „Die Stillung des Sturms." Vielleicht lag es an den vollen Bäuchen und an etwas frischer Luft, dass die Aufmerksamkeit nun auf das Geschehen gerichtet war. Rote Feder las den Text beinahe fehlerfrei, was Ms. Meyer ein Lächeln entlockte, gefühlt das Erste an diesem Tag. „Kümmert es dich nicht, dass wir umkommen? ...schweig' verstumme! ...warum seid ihr furchtsam? Habt ihr noch keinen Glauben?" Stille legte sich in diesem Moment auch über uns. „Ja, das ist es," murmelte George, erhob sich und ging nach draußen. Nathaniel war eingenickt und bemerkte die Abwesenheit seines Freundes erst, als die Stunde vorbei war.

Der Abschied wirkte flüchtig, das Händeschütteln feucht, nur die Kinder blieben in ihrem Frohsinn, den sie morgens brachten. „Was für ein Einstand, den haben sie sich bestimmt anders vorgestellt. Ich kann ihnen versichern, dies wird eine Ausnahme bleiben. Ich würde sie gerne am Wochenende zu mir nach Hause zum Essen einladen, so lernen sie meine Familie kennen und wir können ein wenig ausführlicher über die Situation hier sprechen. Nur wenn sie wollen natürlich und es ihnen nicht zu   erscheint. Überlegen sie es sich und sagen sie mir bis Donnerstag Bescheid. Ruth hat mich heute sehr überrascht, sie hat das Wochenende wohl geübt und ich komme wahrscheinlich ihrer Frage voraus, falls sie sich fragen, warum eine Weiße auf der Seite sitzt und nicht hier steht. Die Lakota haben sie im Wald gefunden, ausgesetzt, an einen Baum gebunden, wie einen Hund, wohl aufgrund ihrer roten Haare, der Hexenglaube ist hier immer noch sehr lebendig. Mein Vater und ich bemühen uns sehr um sie, in der Hoffnung, dass sie ein normales, bürgerliches Leben führen kann, aber sie hat das Lakotaleben so verinnerlicht, dass es sehr schwierig ist, an sie ranzukommen. Heute war ein Fortschritt zu spüren, ein Wille das freut mich sehr.“ Wer denn ihr Stammesoberhaupt sei. „Ehrlich gesagt, ich weiß es nicht. Es wird nicht darüber gesprochen. Wenn mein Vater Verhandlungen führt, dann meist mit einem Berater oder dem Schamanen, manchmal auch mit einer Frau, die es weiterreicht. Manche vermuten

George, manche Nathaniel, manche sogar Rita…
ich vermute, dass wir ihn noch gar nicht zu Gesicht
bekommen haben und dieser sein Zelt kaum verlässt.
Bitte und das vergaß ich zu sagen, es scheint mir   ,
bitte betreten sie nie das Zelt, außer sie werden darum
gebeten. Dies ist ein autonomer Bereich innerhalb des
Reservats, welchen auch wir zu respektieren haben.
Nicht einmal Pater Pedro durfte es betreten.
So, ich glaube das genügt für heute, das waren so viele
Eindrücke, die gilt es jetzt erstmal zu   .
Herzlichen Dank für ihre Unterstützung
und bis morgen und vergessen sie ihre Schuhe nicht!"

Als ich das Reservat verließ war niemand zu sehen,
keine spielenden Kinder, niemand der so etwas
Vordergründiges wie ein Dorfleben lebte. Alles Leben
blühte hinter geschlossenen Türen oder während
unserer Abwesenheit. Ich nahm nicht den gewohnten
Pfad sondern ging an den Wachen vorbei, die nicht
weiter fragten, sondern die Reste aus den Topf
kratzten den ich zur Abholung mit vor's Tor brachte.
Ich ging an den Holzpfählen herum, deren hintere Naht
an den Wald grenzte. Es wehte ein warmer Wind,
der den Schnee mit sich nahm, die trocknen Schuhe
tauschten sich in wehmütige Kälte,
doch der Wald zog mich zu sich.

Um nichts kümmernd als um sich selbst,
erging ich meine Tage,
die sich Holz suchten und die Kälte,
um einander in Sehnsucht zu erscheinen.

Plötzlich waren dort die Vögel, die ich doch so misste.
Keiner hatte sich in die Stadt getraut oder auf einen
Ast, der doch genug Platz für sie ließ. Immer wieder fiel
Schnee nach unten, nahm bei seinem Treppenlauf
jemanden mit, so dass die Menge die dort fiel,
nicht ganz ungefährlich war, träfe sie mich im Nacken.
Der Boden war übersät mit Laub und Nadeln,
rostig braun, als lägen sie zu lange in Wasser.
Obwohl es taute, knisterten meine Schritte,
der Boden hatte viel Kälte gesehen.
Der Wald war so dicht, dass ich an seinem Ende nur
enggeknüpfte Dunkelheit sah. Die Bäume waren alt,
viele hätten 3 Erwachsene gebraucht, um sie mit
ausgestrecktem Arme zu umgürten. Immer wieder ließ
mich ein Knistern aufschrecken, Schritte, die für Schritte
kaum Weg hinterließen und doch ein Weiter.
Schatten tupften sich, so schnell, wie sich entfernten,
als würden sie der Schneeschmelze folgen, zu hell,
zu viel Aufmerksamkeit für ein Bleiben.
Da sah ich etwas Weißes, vor dem dichten Geflecht am
anderen Ende meines Auges, es bewegte sich anmutig,
ein Näher, verbot mir mehr und es verschwand.

3. Kapitel - Ich schreibe deinen Namen mit Honig

Es war das erste Mal seit Jahren, dass ich die Komplet
vergaß. Ich wusste noch um die Schnelligkeit meiner
Schritte und das Schmatzen, das sich aus ihnen löste.
Ich fror von den Beinen aufwärts und die Angst,
schon an meinem zweiten Arbeitstag wegen einer
Erkältung zu fehlen, mobilisierte wohl letzte
Abwehrkräfte. Zum Abendessen gab es Kartoffeln,
ich nahm mir einige, Ungeschälte und Dampfende mit
aufs Zimmer und legte sie mir ins Bett. Was ich sah,
hab ich gesehen, im Traume hab ich es wiederholt,
so lange, bis ich darüber einschlief.

Ich läutete die Glocke und jene, die gestern kamen,
kamen auch heute. Wir begannen mit einem
„Vater Unser", das ich bereits in der morgendlichen
Laudes gebetet hatte, kaum hatten wir uns gesetzt,
ertönten von draußen Schreie und George und
Nathaniel die am nächsten an der Tür saßen,
eilten hinaus, auch die anderen folgten trotz der scharfen
Ansage von Ms. Meyer. Von der Veranda aus sahen wir,
wie einige Bäume des dahinterliegenden Waldes
krachend in sich zusammenfielen. Einige Bewohner des
Reservats versuchten durch das Tor zu gelangen, doch
es blieb auch bei Faustschlägen und Geschrei versperrt.
„Unser Wald!" Wir hörten die Äxte auf das Holz
einschlagen und immer wieder stoben Vögel nach oben.
„Bitte hört auf damit, nicht der Wald!"
Es war als würde eine große unsichtbare Kreatur durch

den Wald schreiten und die Bäume unter sich begraben, nur ein Ächzen war zu vernehmen und der Wunsch nach Stille. Es waren nur wenige Minuten, doch diese genügten, dass sich das Reservat vom Wald entfernte. Ein Junge, ich glaube es war Christian, klammerte sich an das Bein von George, dieser streichelte seinen Kopf. Irgendwann war Stille. „Ich würde euch bitten, nun wieder reinzukommen, es ist Unterricht! Auch du George, besonders du." Wir gingen hinein, setzten uns und bevor wir mit dem Unterricht begannen hielt Ms. Meyer noch eine Ansprache. „Der gestrige Tag, nun, er hat mir und vor allem meinem Vater nicht gefallen, so gar nicht und George…, George, hörst du mir bitte zu, das ist vor allem an dich gerichtet, du bist der Wald und du bist die Klasse, scheinbar hast du Einfluss auf sie, so liegt es an dir, wie viel Wald am Ende des Schuljahres übrig bleibt. Also ich darf dich und nicht nur dich, das gilt für alle, ihr seid auch George und auch ihr seid der Wald, bitten, dass ich euch benehmt, folgt dem was ich und Mr. Landon sagen, so rückt der Wald nicht weiter an den Berg. Ich glaube das war jetzt klar und unmissverständlich. Mr. Landon wird euch nun die korrigierten Tafeln zurückgeben und wir bleiben heute eine halbe Stunde länger, denn unsere Zeit fand ja nun anderswo mehr Aufmerksamkeit."

Ich fror, nicht einmal die Mittagssuppe konnte mich wärmen. Es wurde kaum gesprochen, doch die Augen sprachen und sie sprachen deutlich. Ablehnung, Traurigkeit und unterdrückter Trotz.

Jene, die vorallem die Traurigkeit gewähren ließen,
waren die Kinder. Beim Hinausgehen, war jedweder
Druck aus den Händen gewichen, als reichte man tote
Fische, nur Rote Feder näherte sich und flüsterte mir im
Vorübergehen etwas ins Ohr, das klang wie…"   nicht
." Ms. Meyer hatte dies gesehen und wollte wissen was
sie sagte, ich meinte nur…ich weiß es nicht, ich hab es
nicht verstanden. „Nehmen sie sich vor Ruth in Acht,
wahrscheinlich ist doch noch etwas Hexenblut
vorhanden. Ich glaube sie sollten sich ins Bett legen, sie
haben ganz   Augen, ich glaube sie haben Fieber und
brüten etwas aus. Bis morgen und gute Besserung!"

Der Topf war heute noch halb gefüllt und ich
keuchte wohl wie ein Esel, als sich das Zelt öffnete und
ein junger Mann ins Freie kam und den Topf auf der
anderen Seite griff. Ich klopfte 4x und nannte meinen
Namen, dann wurde mir das Tor geöffnet. Kaum stand
es offen, schlüpfte der junge Mann durch den Spalt und
lief davon. Der Topf kippte aus, einer der Wachen rief
etwas und legte zum Schuss an, ich stieß ihn zur Seite,
der Schuss splitterte Holz. Der Schütze wollte schon
zum Schlag ausholen, als er sich besann: „Pater, weshalb
haben sie das getan. Wir haben Befehle..." „Und ich habe
meine Prinzipien." Der Schuss lockte die Bewohner aus
ihren Hütten und aus dem Zelt und auch Ms. Meyer lief
ans Tor. „Was zum….Entschuldigung Mr. Landon,
was ist passiert?" „Das erklären ihnen die Wachen.
Ich gehe ihn suchen." „Sie wissen doch gar nicht wo,
wo will er auch hin, bei der Kälte, ins Dorf kann er nicht

und das nächste Reservat ist Tage entfernt, er hat sich
damit selbst ein Loch geschaufelt. Lassen sie ihn,
kurieren sie sich besser aus, bevor es schlimmer wird."
Die Wachen gingen mit Ms. Meyer hinein und ich nahm
denselben Weg wie gestern um das Reservat herum.
Dort lagen die bereits gefällten Bäume, geschält und zu
Pfählen geschlagen, um den Kreis zu verdichteten,
der sich um das Reservat zog.
Ich eilte in den Wald. Der Boden war gefroren, der
Regen von gestern zu kleinen Spiegeln erstarrt. Das
Land hatte sein Ufer geweitet und sich in den Wald
gefressen. Baumstümpfe leuchteten zartbraun. Diese
Wunde blutete durch Nacktsein. Überall lagen Äste
verteilt, zu kleinen Häufen geschichtet, die wohl bald
Feuer fingen, hier und in Öfen. Ich hoffte den Flüchtigen
hier zu finden, obwohl dies mehr Wunsch war,
als realistischer Gedanke. Es wehte ein kühler Wind,
aller Wärme beraubt und es zog mich an jene Stell',
die mich gestern mit einem Traum zurückließ.
Dort wo sich die Bäume in die Arme schlossen und
Dunkelheit ein feines Muster wob. Und wieder,
dieses weiße Flackern, eine Flamm' ohne Feuer die dort
in der Ferne wanderte und mit dem Gedanken schwand,
der sie zu fassen drohte. Mich zog nicht der Flüchtige
hier her, ich war der Flüchtige,
der doch wieder nach Hause ging.

Und dort wo sich Ufer wie Nächte nennen,
las ich deinen Namen,
der geschrieben ward mit Honig,
in den Wintern keine Wespen zog,
nur der Tränen Form
und darin erstarrte.

Kapitel 4 - Du selbst hast ihn dort hineingelegt

Es wehte ein kalter Wind, der an den Scheiben rüttelte
und an den undichten Stellen, Lieder pfiff, irgendwann
würde dort auch der Schimmel darauf deuten.
Er brachte wieder Schnee, ich hörte wie die gefrorenen
Tropfen an dem Glas ihr Ende fanden, wie mancher
Vogel, der in den Spiegelhimmel flog.
Ich fror, mein Ofen glühte und ich war versucht,
mir einen glühenden Holzscheit unter die Decke zu
legen. Meine Zähne klapperten wie das Morsegerät der
Poststelle und was den Füßen an Glut fehlte, war das
Zuviel unter meiner Stirn. Diese pochte und wölbte
meine Schläfen, so dass ich in Seitenlage, stets meinen
Herzschlag vernahm. Von Fern war auch die Schulglocke
zu hören, die nun wohl Geister lud, meine Taschenuhr
lag zu weit entfernt um den Geistern auch meine Stunde
zu überlassen, damit sie meinen Träumen fernblieben,
die schon gefüllt von der weißen Waldesflamm' und den
Dingen, die heute dem Tag dienten. Ich erwachte noch
vor dem Klopfen der Hausherrin, die sehr zeitig
aufstand um ihrem Mann das Frühstück zu bereiten,
ich lag auf dem Weg. Der Wind wuchs sich zu einem
Sturm aus, meine Beine folgten meinem Wegeswillen
kaum, es war mehr Tanz als ein Schreiten.
Der Himmel grau und schwer, Schneeflocken tanzten
mit mir, wechselten stetig die Richtung und gingen doch
dort zu Boden, wo es gewollt. Es war nicht das Heulen
des Windes, sondern ein Wehklagen, das sich bis auf
den Hügel erhob, ich sah die Bewohner im Innenkreis,

die Hände in die Höhe gestreckt, Mütter, die mit ihren
Kindern sofort wieder zurück in die Häuser liefen,
weil sie zu voreilig nach draußen stürmten um zu sehen,
was das Wehklagen beschwor und es war nichts für
Kinderaugen, für kein Auge. Der Flüchtige, hing mit
zerfetzter Vorderseite an einem Balken, man hatte ihn
mit Seilen über den Zaun geworfen und nur so viel Seil
mitgegeben, dass er auf der anderen Seite hängen blieb,
die Arme ausgekugelt, mit auf der Brust
gesenktem Kopf, die Haare nass und blutig,
die zum Glück das Gesicht verdeckten. Er sah von hier
oben aus, wie der Gekreuzigte. Mich überfiel ein heftiger
Schwindel und eine große Übelkeit, die mir für einen
Moment die Sinne raubte. So glitt ich von dem Hügel
und stolperte vor das Tor. Die Wachen rannten mir
entgegen um mich irgendwie aufzufangen. Irgendwie.
Sie halfen mir auf, einen Sturz konnte ich nicht
vermeiden, öffneten das Tor, ließen mich hinein und
verschlossen es unmittelbar danach, niemand sollte
mehr nach draußen. Nun stand ich vor dem,
der gestern mit mir den Topf trug und in dem Moment
eine Gelegenheit sah, es war bestimmt nicht geplant,
wohl aber oft gewünscht, er nutzte sie. Ich betete,
dass ihm der Moment jenes Gefühl bescherte,
das er sich erhoffte, auch wenn er nur von kurzer Dauer
war. Die Meisten waren wieder zurück in ihren Häusern,
George stand noch dort und Rote Feder und einer, den
ich noch nicht kannte. Sie bemerkten wohl den
plötzlichen Taumel, der mich überzog, als ich näher kam
und in das wunde Gesicht blickte, sein Brustkorb,

seine Schenkel zeigten die blutigen Schleifspuren zurück
an den Ausgangspunkt seiner Flucht, ich hoffte sehr,
dass er den Tod schon vorher fand, anders, friedlicher,
vielleicht, schneller, schmerzloser. Der Anblick ließ mich
würgen und zittern, mehr noch als die Kälte die mich
durchdrang.

Schwarze Welt.
Ludst mich zu dir,
hast dich selbst dort hineingelegt,
doch es ist noch Platz,
für einen, dem es an Wärme fehlt.
Dessen Stern, zu weit, von einer Sonne,
deren Licht in der Ferne,
nur ein zartes Rot.

Ich erwachte. Liegend. Mit dem großen Drang,
mich zu übergeben. Ich versuchte meine Augen zu
öffnen. Doch etwas lag darauf, war um meinen Kopf
gebunden. Ich vernahm nur Stimmen, zwei davon waren
vertraut, die Dritte, stand etwas entfernt. Jemand hielt
meine Hand. „Mach dir keine Sorgen…es war zuviel,
von allem zuviel…" Es roch nach Rauch und Kräutern,
nein eher nach einem Nadelbaum, ich komm nicht
drauf, Kiefer vielleicht oder doch Thymian, das Andere
kannte ich nicht. Man reichte mir einen Schluck Tee,
darin waren Blätter und Krümel, darauf war ich nicht
vorbereitet und musste husten. Und es war scharf.
„Trink langsamer, ruh dich aus…." Ich glaube, es war
die Stimme von Roter Feder. Sie sprach sehr deutlich

und sehr nah. Ich spürte auch Haar an meiner Wange,
das sich mit den Worten näherte und wieder entfernte.
„Wenn du wieder bei Kräften bist, versuch aufzustehen,
aber lass dir Zeit, es eilt nicht, nichts eilt." Und wieder
überkam mich eine Flut aus Müdigkeit, die sofort in
mich sank, als wäre ich eine uralte Wüste, die nur darauf
wartete. Fern, ganz fern hörte ich jemanden singen und
eine Trommel schlagen, ganz sanft, es war eher ein
Reiben, vielleicht war es auch wieder mein Herz,
dass meine Schläfen aufsuchte, weil alles Andere schon
zu eng. Wo bin ich? Kein Ort, nirgendwo.
Als ich erwachte und die Augenbinde lösen wollte,
hielt man mein Verlangen nach Licht zurück.
„Nicht jetzt. Nicht hier." Meine Füße waren wackelig,
geradeso, als lernte ich gerade erst zu Gehen. Man
stützte mich auf beiden Seiten und führte mich an die
frische Luft. „Jetzt nimm sie ab." Ich stand vor dem Zelt.
Rote Feder und George standen neben mir. Es war schon
dunkel und es roch verbrannt. Nicht weit vor dem Tor,
war ein großer Aschehaufen, verkohlte Äste, aber auch
Blütenblätter die erst nach dem Feuer darüber gestreut
wurden, ich fragte mich woher, das Wofür war mir
bewusst. In der Asche war noch etwas Glut, die in der
Dunkelheit funkelte. Ich bedankte mich, doch davon
wollten sie nichts hören. Als ich gegen das Tor klopfte,
kam keine Antwort. Es blieb verschlossen.
„Die Wachen öffnen nach Sonnenuntergang nicht mehr."
Auch wenn mein Blick nur flüchtig war und über das
Zelt streifte, kam eine unmittelbare Antwort:
„Du hast dich entschieden aufzustehen, ins Zelt kannst

du nicht mehr zurück."

In meiner Tasche befand sich noch der Ersatzschlüssel für die Kirche. Ich verabschiedete mich und ging in das Gotteshaus. Dort war noch etwas Restwärme.

Ich speiste den kleinen Ofen mit Holz ehe ich mich in seiner Nähe auf einen Stuhl setzte. Wieder hörte ich die Trommeln schlagen und zum ersten Mal hörte ich Gesang, der Nichtworte in die Nacht sandte und noch ehe ich einen Gedanken an ein Bett verlor, schlief ich ein.

Kapitel 5 - Als er noch Blüte

Raumauge, wach, ein Bett und darauf geschütt': Äpfel.
Auf den Äpfeln liegend jener, der gerade noch am Zaun
hing. Sanft lächelnd, sein Gesicht unversehrt, immer
wieder fallen Äpfel zu Boden, auch der Liegende gleitet
wie eine offene Hand auf einem Murmelspiel von Rand
zu Rand, ich versuche ihn dort zu halten, bald bewegt
sich der Raum, als stünden wir auf einem kleinen Kahn,
der im Wellengang durch eine unörtliche Nacht treibt.
„Aufwachen. Mr. Landon. Hören sie mich…?"
Ms. Meyer zog schnell ihre Hand von meiner Schulter,
als ich die Augen öffnete.
„Ich hab mir Sorgen gemacht. Ich konnte gar nicht so
schnell handeln, wie man sie ins Zelt
brachte. Ich wäre ja gerne hinterher, aber der Zutritt
ist mir nicht   . Geht es ihnen besser?" Ich wusste es
nicht. Mein Rücken und mein Nacken schmerzten, ich
schlief wohl so ein, wie ich mich setzte. Aber mein Fieber
schien überwunden. „Geht's? Kommen sie, ich helfe
ihnen auf. Meinen sie, sie können heute den Unterricht
halten? Gestern kamen nur Wenige, die Kinder und
alle anderen wohnten der   bei. Ich entließ die
Kinder dann auch nach dem   damit sie sich noch
verabschieden konnten, ehe der Körper den Flammen
wurde. Welch ein grausames Schauspiel." Ich versuchte
zu widersprechen, doch die Worte und Gedanken waren
noch trübe, in meiner Heimatsprache hätte ich Wider-
worte gefunden, die Kälte und Fremde dieses Ortes,
ließen mich verstummen.

„Es ist gleich Dreiviertel…." Ich läutete heute schneller,
denn ich atmete schneller. Alle kamen. Alle blieben.
Wie stumpf doch alles klang, selbst die Bibelverse
blieben nur gesprochen Wort. Nur die Suppe schien am
rechten Ort, zur rechten Zeit und bewirkte ihren Sinn.
Wir lasen noch mal die „Stillung des Sturms". Rote Feder
las ihn heute stolpernd. „Vielleicht ist einer seiner Ahnen
nun ein Sturm, so lässt sich gut reden…" Dies war die
einzige Wortmeldung, ehe wir freudlos dem Schulende
entgegenwankten. Wir sprachen noch ein Gebet und
sangen ein neues Lied, welches uns beim Gottesdienst
am Sonntag wieder begegnen würde. Der
Verabschiedung fehlten die Hände, nur Rote Feder und
George reichten mir ihre. Ms. Meyer schien von unsicht-
barer Gestalt, sie gingen an ihr vorbei, oder durch sie
hindurch, regungslos, ohne sich zu stoßen. „Mr. Landon,
ich wollte sie fragen, ob ihr Kommen am Wochenende
noch   ? Samstag Mittag? Ja? Perfekt. Ich, also meine
Eltern und ich und Sue-Ann freuen uns. Und wenn sie
meinen Eltern etwas mitbringen möchten, meine Mutter
liebt Pralinen und mein Vater Zigarren, sie würden sich
sicher über eine kleine   freuen. Die Stimmung wird
sich wieder bessern. Ich bin ihnen auch nicht böse, sie
sehen in mir, in uns, gerade einen Schuldigen, oder
Mitschuldigen, weshalb auch immer, so eine Situation
wie gestern gehört auch erstmal verarbeitet.
Geht es ihnen denn besser? Darf ich? Ihre Stirn ist noch
immer warm, vielleicht sollten sie diese Nacht bei sich
zu Hause verbringen.

Die Wachen taten nur ihre Pflicht, tragen sie es ihnen
nicht nach. Sie hatten ja zum Glück den Schlüssel für die
Kirche. Konnten sie irgendwas sehen, ich meine,
wer war bei ihnen und was haben sie mit ihnen
gemacht?" Ich meinte, ich könne mich an nichts
erinnern, außerdem waren meine Augen, wie bei
Lazarus abgedeckt. Sie taten nur Gutes an mir.
„Das freut mich zu hören. Ich denke das Bett wird ihnen
jetzt gut tun. Wir sehen uns morgen. Auf Wiedersehen."
Diesmal öffnete sich das Tor. Ehe ich den Weg zu
meiner Wohnung einschlug, ging ich wieder in den
Wald. Inzwischen hatte man die restlichen, gefällten
Bäume zu Pfähle verarbeitet und den Kranz um das
Reservat verdichtet. Kein Wind, keine Spur von Wärme.
Stehende Kälte.

Als ich noch Blüte,
spürte ich keine Frucht,
in meiner Mitte,
in meiner Mitte,
ein Geheimnis,
das seinen Hörer sucht,
nie lauter als ein Flüstern.
Stille, bist sein Bote,
ich lerne, ehe ich…
ehe ich.

Im Wald, ein vertrautes Knistern. Der Boden nun Spiegel
meiner Besuche. Und wieder diese Flamme, die vor
meinem Auge tanzte, nah, an dem schwarzen Gürtel,
der zu dicht war für mein Auge. Ich ging näher und
betrat neuen Grund, der knusperte und die Flamme hielt
inne, als zog man an ihrem Docht. Ich wagte nur ein
paar Schritte, ehe die weiße Flamme hinter einem Baum
erlosch. Ich machte kehrt, wohl aus Furcht, doch die
Neugier blieb, die Neugier auf ein Morgen, so Gott will.

Kapitel 6 - Jeder Tag ein Wieder und Wider

Die Nacht gebar Gesänge, der Wind stand wohl günstig,
so dass er sie bis in das Dorf trug, selbst bei
geschlossenem Fenster, dazu ein dumpfer Trommel-
schlag, der auch mein Herz sein konnte, das noch immer
schneller und höher schlug, als gewöhnlich. Meine
Träume waren nicht weit entfernt, ich sank mit
Steinen in meinen Taschen auf einen Grund den ich
schon kannte. Der Kahn, gefüllt mit Äpfeln,
darin liegend der Geflüchtete und ich. Kein Ruder,
kein Segel, nur Welle und Wind.
Das Fieber war noch nicht ausgestanden,
es vertiefte meine Träume, das Erwachen blieb keines.
Es umschloss mich mit der Dichte einer Umarmung,
die erst von mir ließ, als ich mit Gebeten an meinem
Alltag rüttelte, früher umging ich damit Leidenschaften,
jetzt…blickte ich tief hinein.

Die erste Woche neigte sich dem Ende, die Glocke klang
heute gedämpft. Der Nebel stand heute tief, vermochte
sich kaum zu bewegen, beschwor sich stets aufs Neue
und drückte auf die Klänge die wollten, doch sie
sangen, als wären sie schon Schneebedeckt in kalter
Grube. Ein kühler Wind wurde zu uns gedrückt, der laut
atmet, auch bei geschlossener Tür. Selbst die Krähen,
klingen fern obwohl sie auf den Pfahlspitzen sitzen,
schwarze Perlen einer blutigen Krone. Als ich ankam,
war das Reservat kaum zu sehen, hinweggenommen
von seinem alten Platz, Nebelflur, der Eins war mit dem

Nebelmeer, das sein Ufer nur dicht vor meinen Augen
fand. Ich erschrak, als ich plötzlich vor dem Tor stand
und die glimmenden Zigarettenaugen der Wachen sah,
deren Pupillen sich weiteten als sie tief einatmeten, der
Rauch, der sich mit ihrer Lunge band, blieb unsichtbar,
fiel zu Boden, wo er sich wie eine Schlange im
Schutze der Ferne verkroch. Alle kamen, manche
brachten ersten Husten. Die Kinder brachten
schniefende Nasen. Ms. Meyer verteilte Tee. Sie wirke
heute freundlicher als sonst, geduldiger, was bei den
Anwesenden auf ein befremdliches Wohlwollen stieß,
ihr Echo war Interesse, oh wie dies die Zeit verkürzte.
Der Abschied war freundlich, mehr Hände als am
Vortag, auch wenn man Manchen heute gerne auswich,
da sie zu lange an Nase oder Mund weilten. Ob es erst
seit heute war, ich kann es nicht beschwören,
das Lächeln von Roter Feder hatte sich verändert,
milder, keine Reaktion auf einen Moment oder eines
unbewussten Lächelns meinerseits. Und mein Lächeln
wurde Antwort, unbeholfen wie ein sperrig' Wort. Als
ich die Tür öffnete, drückte sie der Wind mit einem Nein
in einen lauten Knall. Es bedurfte die Hilfe der Kinder,
sie wieder aufzudrücken. Draußen tanzte der Schnee in
Daunengröße, er schob den Nebel über die Krähen,
die mit eingezogenen Köpfen den Böen trotzten.
Die Kinder freuten sich, schoben den Schnee vom
Treppengeländer zu kleinen Bällen, die sich sogleich
unter die Daunen mischten. „Morgen ist wieder
Aschezeit, vielleicht kommen sie dann etwas eher,
ich kann bestimmt ihre Hilfe beim Schneeschippen
benötigen, wenn es die Nacht so weiterschneit, schön,

nicht wahr, die dicken Flocken? Ich finde wir könnten morgen langsam mit Matthäus und der Weihnachts- geschichte beginnen, in einer Woche ist ja schon Weihnachten. Der Sturm ist nun gestillt, der See liegt still und starr…kommen sie gut nach Hause.“

Das Waldesufer lag verborgen, auch der Wald schien hinweggenommen. Erst als ich durch sein Tor trat, wurde er sichtbar. Das alte Laub wob sich mit dem frischen Schnee, zu einem feinmaschigen Netz, das sich über meine Schritte warf und daran zog, mich immer tiefer zog, bis zu jener Stell', die bereits in mich hinein- geboren. Die Bäume am anderen Ende griffen bereits in die Nacht hinein und ließen ihre Hände darin ruhen und dort tanzte jene Flamme, die sich für ein Licht entschied, das weder durch Wind, noch durch Regen erlosch.
Ich trat näher, jeder Schritt sprach laut von sich, auch wenn ich mich so sehr um Stille bemühte. Die Flamme ließ von ihrem Flammenkleid, es schien von einer anderen Form, die Nähe brachte nur diesen einen Gedanken, bevor sie in ihm verschwand.

Jeder Tag ein Wieder und Wider,
dein Wesen möcht' erkannt,
in Schnee gezeichnet die Schönheit des Himmels,
ach könnt ich's doch erhalten,
um genauer zu sehen,
was darin verborgen,
bis es sich bereit',
für einen neuen Gruß.

Kapitel 7 - Hier und an anderer Stell'

„Wie gefällt es ihnen, jetzt nach einer Woche hier bei uns und in der Schule? Ms. Meyer ist ja eine sehr nette, adrette und kompetente junge Dame. Ich frage ja nur ungern: heute ist Freitag, heute sollte sich die Büchse füllen. Ich muss morgen einkaufen, damit wieder etwas auf dem Tisch steht. Sie sagten, sie essen morgen auswärts, bleibt es dabei? Ja? Mittags oder abends, sie verstehen hoffentlich das Anliegen meiner Fragen?"

Weiße Welt, liegst nun vor mir,
alle Pfade eingeschlossen,
als gäb's nur Einen,
hier und an anderer Stell',
hin zum Ziel gebogen,
das dort ist,
wo ein erstes Licht,
das an anderer Stell' erloschen.

Zusammen mit Louis, so hieß der Herr, bei dem ich wohnte, schippte ich noch kleine Pfade durch das Kniehohe Weiß, ehe ich dasselbe vor der Kirche tat. Der Weg dorthin erwies sich als beschwerlich. Kein Nebel, kein Sturm, der Schnee hatte seine Arbeit getan und überließ sich nun der Welt. Der kurze Weg hinunter ins Reservat erschien beinahe eben, es waren kaum Spuren zu sehen, ich brachte meine Eigenen und ich bedauerte beinahe, das glitzernde Weiß mit meinem stumpfen Schritt zu übermalen. Der Schnee staubte,

so leicht war er geschichtet und meine Kleider nahmen
kaum Feuchte an, die er bot, doch sich zurückweisen
ließ, er war leichter zu überreden wie der
eigenwillige Regen. Ms. Meyer und die Wachen stießen
schon die Schaufeln. „Sie kommen spät, ich bin gleich
fertig, machen sie noch den Rest? Danke. Dann streu' ich
schon mal die Asche und läute die Glocke.
Zum ersten Mal sah ich heute, woher die „Schüler"
kamen, die Mütter mit ihren Kindern kamen aus den
Häusern, auch Nathaniel, dessen Haus lag am weitesten
von der Kirche entfernt, George und Rote Feder kamen
aus dem Zelt. Die Kinder stürzten sich sofort in den
Schnee, begrüßten ihn mit einem Lachen.

Da wir heute nur bis Mittag Unterricht hielten, zogen
wir die Bibelstunde vor und begannen in der letzten
Stunde mit der Weihnachtsgeschichte. Den Stammbaum
ließen wir aus. Die Geburt und die Flucht, beides sollte
uns nun ein paar Tage bis zur Heiligen Nacht
beschäftigen. Wieder las Rote Feder, doch bei einer Stelle
hielt sie inne und verstummte… „…bleibe dort, bis ich
es dir sage, denn Herodes wird das Kind suchen um es
umzubringen." Ms. Meyer bat sie weiter zu lesen, doch
sie verneinte. Ich übernahm, da kein anderer sich
meldete, keine Worte kamen mehr. Wenige blieben nur
zum Essen, die Kinder, eine Mutter, Rote Feder und
Nathaniel. Die Kinder eilten sich, denn der Schnee lockte
mit seinen Möglichkeiten. Der Abschied ins
Wochenende war flüchtig, gestern war es ein Lächeln
das so anders war, heute war es Rote Feders Hände-

druck, der, wenn man die Zeit gemessen hätte, wohl nur,
ein, zwei Sekunden länger meine Hand hielt als sonst,
doch diese Zeit genügte, dass etwas von ihr zu mir
hinüberwanderte, diese kleine Brücke bewegte Dinge,
die bereits vor der Brücke auf diesen Moment warteten
und liefen und das andere Ufer erreichten, ehe die
Brücke wieder unüberwindbarer Fluß wurde.
Ms. Meyer schien dies zu bemerken, sagte aber nichts,
wandte sich ab und schaute ob jeder seine Tafel und
seine Bücher mitgenommen hatte. Das Buch von George
lag noch auf seinem Platz, sie bat mich es ihm noch zu
bringen. „Und seien sie morgen pünktlich, kennen sie
den Weg? Ich kann es ihnen auch gerne aufzeichnen,
das ist vielleicht sicherer, gerade jetzt, wo alles einge-
schneit ist, da bleibt vielleicht mancher Weg verborgen.
So, es ist nicht sonderlich gut, aber genau. Von ihnen aus
sind es vielleicht 20 Minuten, einfach den Hügel hinauf,
sie können ihn von hier aus sehen, sie müssen durch ein
kleines Wäldchen und über eine Brücke, ich erwarte sie
dann vor dem Tor. Ich freue mich, meine Eltern ebenso.
Haben sie an die kleinen Aufmerksamkeiten gedacht?
Gut. Dann würde ich sagen, bis morgen. Ach, ja, das
Buch. Ich denke George, öffnet ihnen eher, als mir.
Wir haben bis jetzt noch nicht die Verbindung
zueinander gefunden, die ich mir wünschte. Aber gut,
erzwingen kann man so was nicht und wir beide haben
unsere, Prinzipien. Das ist nicht immer ganz leicht.
Kommen sie gut nach Hause!“

Als ich mich dem Zelt näherte, vernahm ich erneut
Trommeln und Gesänge, gedämpft und fern, aus der
Mitte des Zeltes stieg Rauch. Wie klopft man an eine Tür,
wenn keine Tür vorhanden ist? Ich klopfte auf die
Außenhaut mit offener Hand, so als belohnte man ein
Pferd, erst jetzt fielen mir die roten Handabdrücke auf,
die sich um das Zelt herumverteilten. Kleine und große
Hände, manche schon verblasst, manche, als wären sie
erst ein paar Tage alt. Als niemand öffnete versuchte
ich einen Anfang zu finden der sich greifen ließ und so
etwas wie einen Eingang freigab. Gerade als ich eine
Naht fand, öffnete sich der Zugang und Rote Feder trat
heraus.
„Es ist gefährlich, was sie hier machen. Bitte tun sie das
nicht wieder…" Ich reichte ihr das Buch und
entschuldigte mich. „Es ist in Ordnung, sie hatten ja
einen Grund. Danke. Ich werde es Mondauge geben. Es
ist schön, dass sie da sind." Dann ging sie zurück ins
Zelt, welches sich beinahe nahtlos schloss.
Ich eilte noch in den Dorfladen, hatte ich doch die
Geschenke für Ms. Meyers Eltern vergessen.

Kapitel 8 - Über mir ein Himmel

Die Nacht war unruhig. Die Träume machtlos, keiner
konnte mich erreichen. Sture Unruhe. Mein Fieber wusch
sich mit tropfnasser Stirn, mein Herz schlug im
Rhythmus der Trommeln, die bis in mein Zimmer
drangen, die Wände wölbten und von ihnen ließen,
ein Wellengang der Klänge. Ich öffnete das Fenster,
die Trommeln wurden leiser. Ich verstand nicht so recht,
so ließ ich es geöffnet, stellte die Blechdose dazwischen,
die noch immer leer war. Ms. Meyer hatte meinen Lohn
vergessen, meine Vermieter zum Glück auch. Die Nacht
war Sternenklar und frostig. Das Licht der Sterne
sonderbar nah. Nun schritt mein Herz langsamer und
ich schlief ein, während die kalte Nacht in mein Zimmer
strömte und das Holz strecken ließ. Mein Atem begrüßte
diesen klaren Zulauf, dessen Quelle hoch oben lag.

Die Nacht brachte keinen Schnee, aber frostige Kälte.
Meine Fenster waren innen und außen von einer rauen,
weißen Schicht überzogen. Ich ärgerte mich über meine
Unachtsamkeit. Geschlossen würde die innere Schicht
tauen und Feuchte bringen. Ich breitete ein Handtuch
aus und hoffte, die Vermieterin würde auch heute die
Blechdose vergessen, die von dem Frost fest versiegelt
wurde.
Auf den Straßen: Asche und Sägespäne. Die Pferde
stießen warme Wolken über ihre Köpfe, die einen
Augenblick später, eisig auf ihre Mähnen zurückkriesel-
ten. Kinder brachen Eiszapfen von Kanten und fochten

kurze Duelle, oder leckten daran. Niemand folgte mir in das kleine Wäldchen, das oberhalb des Dorfes lag.

Es war schnell durchschritten, der schwere Schnee bog die Äste zu Torbögen, von denen sich immer wieder kleine Häufchen lösten und sich lautlos in das schon vorgegebene Weiß einfanden. Eine überdachte, hölzerne Brücke führte über einen Bach, der kaum sprach, man konnte ihn unter dem dichten Weiß nur erahnen. Die Brücke selbst, war eisig glatt und ich ging ganz am Rand, wo mich das Geländer auf die andere Seite lotste, nicht nur einmal glitt ich über die vereisten Bretter, die von beiden Seiten Gründe für ihren Zustand fanden.

An dem Tor wurde ich bereits erwartet, nicht von Ms. Meyer, aber von Sue-Ann. „Ma, wartet drinnen. Ihre Schuhe waren noch nicht trocken. Meine, hat mir Oma genäht, schauen sie, da ist Fell drin. Wollen wir später einen Schneemann bauen?" Das Tor quietschte verächtlich, als mir Sue-Ann öffnete, mit denselben Worten schloss es sich auch wieder. Das Anwesen war ein stolzes Herrenhaus, wie ich es aus den guten Gegenden in London kannte. Einen großen Garten, mit einem Pavillon galt es zu überwinden, bis uns Stufen an eine Zweiflügelige Tür führten. Dort erwartete mich auch schon der Hausherr: General Meyer. „So klein ist die Welt. Das Dorf auf jeden Fall. Kommen sie rein. Oh, das wäre nicht nötig gewesen, die Verpackung kenne ich auch mit verbundenen Augen, das hat ihnen bestimmt meine Tochter verraten." In dem gefliesten Vorraum, stand eine Bedienstete die mir den Mantel abnahm.

Die Schuhe sollte ich ebenfalls ausziehen, zum vorübergehenden Tausch reichte man mir

Filzpantoffeln. „Josephine ist sicher gleich so weit,
sie wollte die Suppe persönlich zubereiten und ich
verspreche ihnen nicht zu viel, eine bessere
Zwiebelsuppe werden sie auch in Paris nicht   .
Hier entlang. Das ist meine Frau, Theresa, hat übrigens
spanische Vorfahren, meine Eltern waren Deutsche,
deshalb der langweilige Nachname." „Schön sie
kennen zu lernen Mr. Landon. Josephine hat schon viel
von ihnen erzählt, stimmt's Sue-Ann? Wo ist sie denn
schon wieder, ist sie nicht mit dir rein, Benjamin?"
„Natürlich, aber ich kann mir schon denken wo sie ist…"
Der General hob das Tischtuch an, darunter saß
Sue-Ann. „Hallo." „Kommst du wieder raus?
Du bist doch kein Hund. Entschuldigen sie, das ist so
eine Angewohnheit von ihr, Kinder halt, die leben in
ihrer eigenen Welt." Erst als ihre Mutter kam, kroch sie
unter dem Tisch hervor. „Ich bringe die Suppe.
Wie schön, dass sie gekommen sind Mr. Landon. Oh das
wäre doch nicht nötig gewesen, für mich auch etwas?"
Mutter und Tochter bekamen Pralinen, die am Ende
wohl Sue-Ann aß. Die Bedienstete schöpfte jedem Suppe
in die schönen Porzellanschüsseln und reichte einen
Brotkorb Reihum. „Ich hasse Zwiebeln. Da bekomm'
ich immer Bauchschmerzen, Pater Pedro mochte sie
auch nicht." „Dann lass sie stehen. Aber Nachtisch gibt
es dann auch nicht, den mochte Pater Pedro ebenfalls
nicht." „Doch, der macht ja keine Bauchschmerzen.
Wissen sie was es gibt? Ich verrate es ihnen…" Sie kroch
unter den Tisch und tauchte bei mir wieder auf.
Sue-Ann saß mit ihrer Großmutter gegenüber,
Ms. Meyer neben mir

und der General an der Stirnseite des Tisches, der auch
für 5 Menschen viel zu groß war. Sie flüsterte mir ins
Ohr: „Bratapfel." „Auch die sind ein Gedicht!" „Hast du
das gehört, Opa?" „So laut wie du flüsterst, schnarcht
deine Großmutter." „Du musst reden…" „Jetzt zu den
wichtigen Dingen. Mr. Landon es ist eine   ,
dass sie meine Tochter bei ihrer, nicht zu unterschätzen-
den Aufgabe im Reservat unterstützen. Nicht nur, was
die religiösen Dinge angeht, sondern auch die ganz
praktischer Art, gerade jetzt im Winter, wo soviel mehr
Aufgaben anfallen, als in anderen Jahreszeiten. Ich bin
mir sicher, in einer so königlichen Stadt wie London,
sind Winter ganz anders. Aufgeräumter. Wir sind hier
auf dem Land und warten sie erstmal auf den Frühling,
wenn hier wieder alles zu blühen beginnt, da kann kein
Königreich ……..! Schmeckt die Suppe? Sag ich doch!"

Die Brataäpfel brachten erste Süße. Mr. Meyer erzählte
von seinen Jagden und Begegnungen mit
Persönlichkeiten, die ich nicht kannte, doch mein
Erstaunen äußerte um meine Unwissenheit zu
verbergen. Der Kristallleuchter über uns, warf
Regenbogenfarben auf den Tisch die Sue-Ann zu
greifen versuchte, auch bei geschlossener Hand trieben
sie stets oben. Das Essen mundete mehr als die Worte,
die gewechselt wurden. Nach dem Essen gingen der
General und ich auf die Veranda, dort bot er mir eine der
Zigarren an, dich ich ihm mitbrachte, ich lehnte höflich
ab. „Aber den Whisky können sie mir nicht ablehnen…
sagen sie, sie waren doch in dem Zelt der roten Männer,

haben sie dort irgendwas gesehen, Waffen oder
ähnliches, was ihnen oder meiner Tochter gefährlich
werden könnte. Oder den Anführer sogar…" Ich
erzählte ihm, von der Augenbinde und den Trommeln
und Gesängen und dass es mir nach dem Aufenthalt
besser ging. „Nun, eigentlich würde ich jetzt so etwas
wie Hexerei aus ihrem Mund erwarten, da ich ja von all
dem religiösem Klimbim nichts halte, bitte sagen sie dies
meiner Tochter und meiner Frau nicht, sie haben da ihre
eigenen Vorstellungen, wahrscheinlich haben sich die
Deutschen dahingehend, nach Luther, schon
ausgenüchtert. Einige unserer Späher, berichteten von
Geistertänzen, haben sie davon schon etwas gehört, oder
ist der Begriff einmal gefallen? Nicht? Ah Josie. Ich lass
euch beide dann mal, ich habe heute wahrscheinlich
schon genug erzählt. Und austrinken…der war teuer!"

„Ich bin übrigens Josephine, was sie ja inzwischen
mitbekommen haben. Christopher, schön dass sie
gekommen sind. Ist ihnen nicht zu kalt hier draußen.
Ich meine, sie standen ja hier schon eine Weile mit
meinem Vater und er hat immer viel zu erzählen. Es ist
schön heute, ich hätte nicht gedacht, dass die Sonne noch
rauskommt, der Nebel ist hier nicht sehr
Kompromissbereit. Ich vergaß gestern, ihnen das Geld
zu geben. Herzlichen Dank, für die erste, gute Woche.
Ihre Hände sind ja schon ganz eisig." Als sie mir das
Geld reichte, nahm sie meine Hände in die ihren und trat
einen Schritt auf mich zu. Wortlos, bis sich unser Atem
berührte. „Ma, wo bleibst du. Mr. Landon wollte noch

einen Schneemann mit mir bauen." „Entschuldigen sie.
Dann sollten wir der kleinen Miss Folge leisten,
Versprechen sind einzuhalten, ehe die Stimmung kippt."
„Warum redest du so komisch, ich bin keine Miss.
Schnell, die Sonne ist da!"

Über uns ein Himmel,
einer, der deinem ähnelt,
wenn du über ihn sprichst,
erscheint er mir doch als Fremder,
lass ihn uns in der Still' erhalten,
ehe er an unseren Worten zerbricht.

Der Schneemann wurde ein Großprojekt, alle halfen.
Am Ende krönte Mr. Meyer ihn mit einem alten
Kavalleriehut. Wir verabschiedeten uns, noch ehe die
Sonne schwand, denn der Rückweg bedurfte an Licht.
Die Sonne taute ein zartes Plätschern und auch das Eis
auf der Brücke war verschwunden, was durch die
Bretter zurück in den Bach tropfte, ehe die Nacht die
Flüchtigen, wieder in Gefangene wandelte.

Das Geld steckte ich in die rostige Dose, im Handtuch unter dem Fenster fing sich die feuchte Nacht, ich wand es aus und hing es über den kleinen Holzofen.

Beim Abendbrot regierte die Neugier, weniger über das Gesprochene, als über das Gesehene. Ich hatte kaum Hunger, nahm mir etwas Brot mit aufs Zimmer und sank in mein Abendgebet, das nicht genau wusste, wo es hin wollte. Es blieb ein Irren, bis spät in die Nacht, etwas fühlte sich hinzu, was vorher verborgen war. Es lag an mir, es tauen zu lassen, oder der Dunkelheit als Dunkelheit weiterzureichen.

Kapitel 9 - Der diese Erde hält

Mein Hals war rau. Vielleicht war es die Kälte oder der
furchtbar, scharfe Whiskey, den ich nur aus Höflichkeit
trank. Worte blieben gedacht, wurden nicht gesagt. Die
Nacht verwandelte mich in eine halbstumme Krähe. Ich
hatte Hoffnung, dass mir der Gottesdienst in der Schul-
kirche genügend Schonzeit ließ, um die anschließende
Bibelstunde einigermaßen verständlich halten zu
können. Der Morgen war in rotes Licht getaucht, nur
dort wo die Schatten lagen, blieb es gewohntes Augen-
spiel. Dort wo die Wunde am größten, ruhte eine rote
Kugel, so als hätte jemand auf den Himmel geschossen,
der nun mit aller Mühe versuchte, sie nach draußen zu
schieben. Über den Pfählen des Reservates lag nun ein
blutiger Kranz, auf dem Krähen pickten, doch das Blut
trieb stets oben. Auch die Glocke klang heute heiser,
lockte jene, die sie immer lockte. Nur die Wachen waren
heute andere, die mich mit neuer Strenge kontrollierten,
bevor sie mich einließen. An der Kirchentür begrüßte
Pastor Wilson und Ms. Meyer, Josephine, die kleine
Gemeinde. Ich war wohl der Letzte der Gäste. „Ah, der
neue Kollege. Willkommen. Meine Einladung hatten sie
wohl vergessen, das Neue ist stark, ich weiß.
Kommen sie, haben sie Lust die heutigen Lesungen zu
übernehmen? Die Frage ist natürlich rein
rhetorischer Art.“
Ms. Meyer übernahm das Orgelspiel, da der Organist
noch krank war. George, Rote Feder, die Kinder…

sie alle saßen dort, wo sie immer saßen. Ich setzte mich in die erste Reihe, neben die Kinder und Sue-Ann, die mir einen Platz frei hielt. Wir sangen: „Großer Gott wir loben dich", welches Pastor Wilson innbrünstig in die Gemeinde schmetterte, der zarte Gesang der Anwesenden war kaum zu hören, mein Krächzen aber zum Glück auch nicht „Freuen sollen sich alle, die den Herrn suchen. Sucht den Herrn und seine Macht, sucht sein Antlitz allezeit." Mein Blick fiel immer wieder auf Rote Feder, die das andere Ende der ersten Reihe markierte. Sie blätterte im Gotteslob, hielt kurz inne, schlug es wieder zu, flocht die Einlegebändchen zu einem Zopf, was das Mädchen neben ihr spannend fand und es auch versuchen wollte. Pastor Wilson schien von alledem unbeeindruckt, er raste durch die Teile des Gottesdienstes. „Die Lesung darf heute Mr. Landon halten, kommen sie." Blinde und Lahme, in Erbarmen geleite ich sie heim, Lesung aus dem Buche Jeremia…. mehr Worte waren aus meiner Stimme nicht zu locken, ehe ich in die Stille verfiel, war da noch ein Krächzen, was die Kinder und auch Rote Feder erheiterte. „Kommen sie, der Herr möchte heute wohl jemand anderen zur Lesung berufen. Ruth, möchten sie übernehmen? Ja? Mr. Landon zeigt ihnen wo." Rote Feder kam zu mir nach oben zum Stehpult, ich zeigte ihr im Evangeliar die Stelle, dort berührten sich unsere Finger, verharrten über den Wörtern „…voll Freude…", bis ein schiefer Orgelton alle zusammenfahren ließ. „Entschuldigung", tönte es von oben. „Haben sie die Stelle gefunden. Gut. Dann fahren sie bitte fort. Ich muss heute noch zu zwei weiteren Gottesdiensten."

Rabbuni, ich möchte sehen können.

Die Predigt auf das Evangelium, war lieblos und hastig. Ich bedauerte dies, denn die Schönheit des Textes wurde kaum in ihrem Zauber erfasst. Auch die Lieder, waren laut aber nicht Herzlaut, wenn dieser Gottesdienst dazu dienen sollte, jemanden von der Schönheit der eigenen Religion zu überzeugen, spürte ich nur die Abwesenheit jeglicher Mitte. Am Abendmahl nahmen nur Pastor Wilson, Josephine und ich Teil, was wohl das größte Befremden auslöste. Zum Abschluss gab es noch einmal „Großer Gott wir loben dich" und die Ankündigung, dass wir uns diesmal schon in 4 Tagen, zur heiligen Weihnachtsmesse, wiedersehen würden, ehe er eilig den Raum verließ. Ms. Meyer eilte ebenso so hastig die enge Holztreppe hinunter, vielleicht um noch ein paar Worte mit Pastor Wilson zu wechseln.

Die anschließende Bibelstunde übernahm Josephine. Ihre Laune war sichtlich angeschlagen und aus der Stunde wurde eine ziemlich schmale Stunde, das heutige Evangelium und die Predigt füllten kaum 30 Minuten. Die Verabschiedung der Gemeinde an der Tür war kurz und kühl, vor allem Roter Feder gegenüber, der sie die Hand nicht reichte, sondern sich in dem Moment die Nase putzte und abwandte, vielleicht auch um unseren Händedruck nicht beiwohnen zu müssen, der der Zeit entrissen war. „Bauen wir heute noch mal einen Schneemann?"Josephine übernahm die schnelle Antwort. „Nein, heute nicht. Oma wartet schon. Mr. Landon würden sie heute die Dinge zurück an ihren Platz stellen und abschließen?

Danke. Komm Sue-Ann." „Ma, nicht so schnell, meine Füße sind kleiner als deine…
Auf Wiedersehen Mr. Landon."

Pastor Wilson hatte in der Kirche keinen Weihrauch verwendet, dieser harzige Duft fehlte, denn er schuf eine Feierlichkeit, die keine Orgel beschwören könnte. Ich öffnete noch mal die Fenster und entließ die verbrauchte Luft, stellte das Stehpult auf die Seite und verwandelte den Altar zurück zu einem Lehrerpult. Ich erschrak, als Rote Feder plötzlich hinter mir stand. „Entschuldigung, ich wollte sie nicht erschrecken, mir scheint sie haben mein Klopfen nicht gehört. Benötigen sie noch etwas Hilfe? Ms. Meyer hatte es ja sehr eilig heute. Ich habe ihnen etwas Salbei und Honig mitgebracht, für ihren Hals…" Auch wenn ich gerne geantwortet hätte, oh das hätte ich, doch kein Wort empfahl sich den Stimmbändern. Selbst der Flüsterton rührte nur in Schmerz und Stille. „Nicht sprechen, ich verstehe sie, die Stimme hat in letzter Zeit wohl zu viel aus dem Herzen gerieben, schonen sie sich und trinken sie viel und machen sie sich von dem Salbei Tee, in ein paar Tagen sind da wieder Worte. Manchmal ist es gut, nicht jeden Gedanken in ein Wort zu fassen. Hier nehmen sie." Sie reichte mir einen kleinen Beutel mit Salbei und eine Tasse mit Honig. Ich versuchte Dank zu sagen, ein Nicken und ein Lächeln waren alles was zu sprechen vermochte. Sie lächelte zurück und ging. Ach wie gerne hätte ich mehr gesagt, wahrscheinlich zu viel, wohl auch Unangemessenes für einen angehenden Pater.

Ich schloss Fenster und Tür und bevor ich nach
Hause ging besuchte ich noch den Wald, den ich gestern
vernachlässigt hatte. Über ihm lag eine dichte Wolken-
decke. Der alte Spruch – Morgenrot Schlechtwetter Bot'
– schien nach wie vor Gültigkeit zu haben. Das Laub
war nicht mehr zu sehen, meine Schritte knisterten nicht
mehr, sondern knarrten, als stiege ich auf Leder. Auch
hier senkten sich die Äste zu Bögen, niedrige, hohe, die
ein Labyrinth schufen, zur Erkundung luden, nicht jeder
Flur wurde durchschritten. Ich durchschritt jenen, der an
jene Stell' führte, die ich suchte. Doch kein Funke, keine
Flamm' erwarteten mich dort, hatte ich mich doch an der
Stell' geirrt und den falschen Durchgang genommen?
Oder zu sehr gehofft, der Wunsch ist ein ungeduldiger
Wolf, der lauert und zu früh springt und das Gesuchte
verjagt.

Der diese Himmel hält,
ließ mich verstummen,
damit ich ihn erkenne
und ihn nicht mit Worten,
zu meinen Himmel forme,
der flüchtig nur,
vom Reh sich wandelt,
zum Wolfe.

Kapitel 10 - Und auch die Anderen

Das Weihnachtswunder sollte sichtbar werden. Wir schmückten den Kirchenraum. Vor allem die Krippe übte eine Faszination auf die Kinder aus. Die Figuren wanderten über die kleine Fläche, besonders die Schafe, diese fanden immer neue Verstecke in dem mit Moos, Steinen und Wurzeln gestalteten Vorort von Bethlehem. Josephine brachte nicht nur diese Miniaturwelten in zwei großen Körben mit, auch ihre gestrige Laune, die sich in Wortkargheit und Strenge entlud. Meine Stimme war noch nicht zurückgekehrt.
So blieben mir Handlangerarbeiten, ich korrigierte die Tafeln, entrollte Landkarten, teilte Bücher und Papier aus oder verteilte die Suppe. Die Bibelstunde lag also ganz in Ms. Meyers Händen. Die Weihnachtsgeschichte, fand diesmal in der Version von Lukas statt, welche vor allem die Mütter und Kinder ansprach und zum ersten Mal lockte dies auch ein Lächeln bei Josephine. Nur lesen durfte heute nicht Rote Feder, sondern Nathaniel, der ob seiner Aufgabe sichtlich überrascht aber nicht überfordert war. „Wir werden jeden Tag ein Schaf mehr dazu stellen, die Hirten sind da, Maria und Josef, nur einer fehlt noch, der kommt erst in 3 Tagen. Genau am Weihnachtsmorgen. Am Abend zuvor werden wir den Baum schmücken, wer von euch möchte den Stern an seiner Spitze anbringen? Daniel? Wir helfen dir natürlich. Und vielleicht ist am Weihnachtsmorgen nicht nur das Jesus Kind angekommen, sondern auch ein paar Geschenke. Wir werden sehen. Und jetzt einen schönen

Nachmittag. Mr. Landon, Christoper, ich würde sie gerne noch kurz sprechen."

„Bitte entschuldigen sie mein gestriges Verhalten, es war unangemessen und unprofessionell. Manchmal lasse ich mich zu sehr von meinen Gefühlen leiten, die hier in der Schule oder in der Kirche nichts zu suchen haben, also nicht auf dieser Seite, die dort vorne sitzen, dürfen sie jederzeit zeigen, wo sonst, wenn nicht hier. Doch wir haben im Miteinander auch eine Vorbildfunktion und diese habe ich gestern leider kläglich ins Persönliche gezogen, bitte verzeihen sie mir." Sie reichte mir die Hand, die ich mit meiner und einem Lächeln erwiderte. „Ich bin froh wenn wieder Frieden einkehrt. Wissen sie, wahrscheinlich haben sie es schon geahnt. Sue-Ann ist Pater Pedros Tochter. Dass sie ohne Vater aufwächst und ich ohne Mann lebe, verleiht nicht den besten Ruf, es gibt viel Gerede und viele Finger. Mein Vater ist nicht gut auf ihn zu sprechen und dass er ging, hat wohl auch dort seine Gründe. Als geweihter, katholischer Priester gibt es auch Dinge, die es nicht geben sollte, obwohl sie existieren. Ich, die Schwangerschaft, die Liebe. Ich verstehe seine Beweggründe, er hoffentlich auch die Meinen, nun, lange Rede, ich möchte nicht noch einmal verletzt werden. Ich spüre etwas zwischen uns, sie sind in einer ähnlichen Situation wie ihr Vorgänger. Bitte machen sie mir keine falschen Hoffnungen, wenn sie es nicht ernst meinen, ich bin eine Frau und sehe auch, wie sie auf andere Frauen wirken,

insbesondere auf Rote Feder. Bitte seien sie vorsichtig.
Sie spielt nicht mit offenen Karten, da ist ganz viel Wut
und Zurückweisung, wer kann es ihr verdenken, doch
sie lebt bei Menschen die einen Weg aus ihrer Situation
suchen und das mit allen Mitteln. Verstehen sie? Und
das Mittel der Verführung ist wohl, das wissen wir
beide, das Stärkste und Wirksamste. Bitte geben sie auf
sich acht und glauben sie nicht alles was man ihnen
erzählt. So viele Worte, verzeihen sie, das ist ein wenig
ungerecht, da ich sie in einer stummen Phase erwischt
habe, aber vielleicht macht es dies auch leichter mich zu
öffnen, ich danke ihnen, sie hätten ja auch wegrennen
können. Ich weiß, es klingt im Zuge der letzten Stunden
nun ein wenig seltsam, aber vielleicht haben sie ja Lust,
Weihnachten bei uns zu verbringen, um die Weihnachts-
gans kümmert sich diesmal meine Mutter, die ist mir
noch eine   zu hoch. Überlegen sie es sich, gerne bis
morgen oder auch übermorgen. Ein Teller mehr ist ein
Lachen mehr. Einen schönen Nachmittag ihnen.
Heute sperre ich ab."

Im Walde, Tränen. Alte und solche mit noch wenig Salz.
Und eine Schwere, die Einsamkeiten birgt. Der Liebe
dienen, das wollte ich schon als Kind. Ich liebte den Duft
der steinernen Gotteshäuser, das Dunkle,
die Deckengemälde mit den Engeln und Schwertern und
gleichsam die Hoffnung, die ganz vorne in dem kleinen
roten Licht flackerte. Das auf Ewiges verwies. Ich vergaß
mich dort, wurde Raum in einem Raum, der größer war
als ich, ich wurde Gefäß für etwas Stille, die Zuhause

fehlte. Ich liebte schon sehr früh, vergeblich stets, meine Liebe blieb die eines stillen Verehrers, die eines guten Freundes. Wahrscheinlich war es eine Flucht, eine von Vielen, am Ende, über den großen Ozean. Ich setzte mich unter einen Baum, befreite seine hervorstehenden Wurzeln von ihrer weißen Decke und fand darauf etwas Platz für mich und meine Gedanken, ich dachte sie wären am anderen Ufer geblieben, dort wo ich mein altes Leben ließ.

Und auch die Anderen,
die doch so ganz ich,
im Steine noch die Unruh'
vergangener Berge,
die Höhe suchten,
Ebene fanden,
rote Flamm,
jeden Morgen von mir entzündet,
ich hoffe,
du bleibest über Nacht.

Alles führt durch die Nacht, alles Warten, alles Hadern, alles Hoffen. In Gedanken, die ich wünschte, ich hätte sie nicht gedacht, auch der Gang der Sonne, die heute kaum sichtbar, Nebel ließ für die Antwort auf Schatten. Ich bemerkte wie sich die kalte Feuchte des Wurzelholzes durch meinen Mantel, durch meine Hose, bis auf meine Haut streckte. Und dort, am anderen Ende des Waldes, wieder jene Flamm', die über das Weiß des Bodens schlich, dieselbe Farbe trug und doch so anders war.

Ich weiß nicht ob sie mich je bemerkte. Ich zog meine
Schuhe aus, denn ich wusste um die verräterischen
Worte meiner Schritte, meine roten Wollsocken, tranken
schnell von dem feuchten Boden und die Kälte zog an
ihren Maschen, doch sie entstellten den Versuch der
Nähe nicht. Ich schlich von Baum zu Baum, wie
Liebende es tun, um mit einem Kusse zu überraschen.
Das schwarze Geflecht, das ein Ende markierte,
wurde loser, milder, verwies auf ein anderes Ende und
die Flamm', wurde zu einem nackten Körper, der dort
Raum und Docht fand, für abgesondertes Leben
und doch so Eins, mit dem was es umgab.
Mein Verstand versuchte den Moment zu fassen und ich
wurde unvorsichtig, hastiger in meinen Bewegungen
und irgendwann mischte er sich dazwischen,
der verräterische Schritt und trieb die Flamm' in ihr
unsichtbares Wachs.

Kapitel 11 - Die nur aus der Fern' gesehen

Der, der mit mir auf dem Boot trieb, auf Äpfeln gebettet, er glitt zu allen Seiten und die Müh' ihn auf dem Boot zu halten, beschwor ein neues Fieber, der Wind blies unter die Wellen und hob uns empor, immer wieder fielen Äpfel von Bord, einmal glitt sogar sein Arm ins Wasser und das Boot kippte in diese Richtung, ich stürzte auf die andere Seite damit wir irgendwie das Gleichgewicht hielten. Ich erwachte mit Schüttelfrost, ich hatte kaum eine Stunde geschlafen und doch war es, als füllte der Traum die ganze Nacht. Noch war etwas Zeit, vielleicht würde das Fieber in der Eile verschwinden, wie es kam, es hatte gesagt, was es zu sagen hatte, ich legte noch mal etwas Holz nach und trank von dem Salbeitee mit Honig, wechselte mein tropfnasses Schlafhemd und fand erneut in einen Schlaf, der Unbedeutendes brachte und wieder mit sich nahm.

Meine Socken waren wieder trocken, wahrscheinlich brachten meine kalten Füße das Fieber, die warmen Socken waren eine Wohltat, vorallem durch den frisch gefallenen Schnee, der wieder Schaufel und Asche forderte. Meine Stimme, konnte wieder Flüstern, doch ich hatte wenig Bedarf für Worte, so behielt ich dies Geheimnis erstmal für mich.

Rote Feder fehlte. Ich fragte George, Mondauge, wo sie sei. „Sie sorgen sich? Das ist gut. Morgen kommt sie wieder." Neuer Schnee hing schon in dunklen Wolken, zog sie hinab, damit sein Sturz nicht zu tief.

Die Kinder spielten an der Krippe.

Ms. Meyer unterbrach das friedliche Miteinander.

„Es fehlt ein Schaf!" Die Kinder und auch die Erwachsenen suchten unter den Stühlen und Tischen, doch es blieb verschwunden. „Hat es einer von euch mitgenommen? Ihr könnt ehrlich sein. Es geschieht auch nichts, wenn der, oder diejenige, jetzt vortritt und es zugibt, vielleicht wollte er oder sie, das Schaf nur ausborgen, mit ihm Spazierengehen und hat vergessen es zurückzustellen, kann doch sein? Wer sich jetzt nicht traut, kann auch später zu mir oder Mr. Landon kommen, der, wie mir scheint, seine Stimme wiedergefunden hat und wir reden darüber."

Die Kinder fragten einander, manche meinten, sie hätten etwas gesehen, doch am Ende blieb Ratlosigkeit und ein Schweigen. „Nachdem keiner von euch den Mut hat… Morgen letzte Gelegenheit. Mr. Landon und ich gehen etwas später in die Kirche und derjenige hat die Zeit, das Schaf zurückzustellen. Wenn es morgen nicht an seinem Platz steht, nun Diebe bekommen keine Geschenke, auch jene nicht, die den Dieb decken. Einen schönen Nachmittag!" „Wir waren das nicht…" „Und du kannst für alle sprechen Christian? Weißt du mehr als die Anderen und das Ruth fehlt und ein Schaf…ein seltsamer Zufall, oder?"

„Was wollen sie damit andeuten Ms. Meyer?" „Nichts, George. Beide fehlen, sonst nichts. Das Schaf ist morgen wieder da, das möchte ich damit sagen und Ruth hoffentlich auch."

„Doch Christopher, diesen Verdacht darf ich äußern.
Ich wusste, dass sie sie in Schutz nehmen, noch mal,
sie ist anders und ich möchte sie schützen vor einer
Dummheit, jemanden Vertrauen zu schenken, der ihr
Vertrauen womöglich missbraucht. Das ist alles.
Ich wünsche ihnen jetzt einen schönen Nachmittag.
Ach ja, haben sie sich schon Gedanken, wegen dem
25ten gemacht? Bitte sagen sie bis spätestens morgen
Bescheid. Ah und sie sind dran, also mit dem Zusperren.
Ich muss noch ein paar Geschenke besorgen, sie werden
sehen, morgen ist das Schaf wieder da und auch
Ehrlichkeit gehört belohnt.“

Der Schnee fand seinen Weg nach unten, fast schüchtern
tänzelte er zur Erde. Von fern heulte ein Wolf, was das
Bellen einiger Hunde beschwor und die Krähen in die
Höhe trieb. Der Topf reichte mir die Reste seiner
Wärme und die Wachen waren froh über den früh
gestillten Hunger der Schüler. Mich überkam eine
Traurigkeit, keine, die ich verorten konnte, sie war
einfach da. Ich stürzte in den Wald um einer
verzweifelten Armut zu entgehen, die mich überall
dort erwartete, wo ich mit mir alleine war. Hier war ich
außerhalb meines Käfigs, von hier aus konnte ich seine
Stäbe sehen und sie lassen. Ich ging tiefer und tiefer,
wünschte, dass ich selber Baum, damit ich
bleiben könnt’. Und dann war dort wieder dieses Licht,
das nicht mehr scheute. Nicht mehr Flamm’,
ausgewachsenes Licht. Ich ging darauf zu. Bis sich das
Licht verlor in einen Körper, der nur mit Haar bedeckt,

das über die Schultern bis zur Hüfte reichte. Und mich überkam ein seltsamer Schwindel, der wie die Schneeflocken tanzte und mit mir kippte und sanft fiel.

Dich nur aus der Fern' gesehen,
dort wo sich Schatten speisen,
und Ahnung,
wo Sterne sind,
die nach dem Dunkel greifen,
und mir Hoffnung lassen,
weil ein Könnte,
so wahr ist,
wie ein Willkommen.

„Aufwachen. Hallo. Ich helfe ihnen. Kommen sie." Jemand richtete mich auf. Ich hatte ihn schon mal in der Stadt gesehen mit einem Wagen angehäuft mit Fellen. „Sie haben Glück. In der Kälte einschlafen, bedeutet in der Ewigkeit erwachen. Was treiben sie hier? Haben sie getrunken? Die Wälder sind im Moment gefährlich. Wölfe, treibt es im Winter an die Dörfer und nicht nur die. Sie sind ja ganz blass. Wenn sie noch keinen Alkohol getrunken haben, dann sollten sie es jetzt tun, dann wird ihnen zumindest etwas warm und der Kreislauf bekommt etwas Unterstützung. Trinken sie. Langsam, nicht so viel, das ist ziemlich stark…sehen sie…" Er klopfte mir lachend auf den Rücken und begleitete mich durch den Wald, bis wir wieder vor dem Reservat standen.

„Finden sie hier wieder alleine ins Dorf? Einen schönen Abend noch. Das nächste Mal können sie mir ja in der Stadt einen ausgeben! Falls wir uns nicht mehr sehen, frohe Weihnachten!"

Kapitel 12 - Sanft seine Hand

Mein Hals wollte wieder Worte. Salbei und Honig taten ihre Wirkung und ich steckte die Tasse und den Beutel ein um sie Roter Feder zurückzugeben. Kein Schlaf, keine Träume nur der Gedanken wirres Spiel. Ich freute mich auf die Feiertage, wo ich endlich Zeit für ein paar Briefe finden würde. Es gab einige Menschen die auf Antworten hofften, mich eingeschlossen. Es war der 24te. Bei mir Zuhause feierten wir heute Weihnachten. Eine seltsame Fremde begleitete mich den ganzen Tag.

„Ist das euer Ernst?" Ms. Meyer hatte einen roten Kopf, ihre Augen traten hervor und ihre Aussprache war feucht und laut. „Fehlt euch tatsächlich der Mut zur Wahrheit oder das Vertrauen in uns? Mr. Landon sagen sie doch was, mir fehlen gerade die Worte und dieses Ding da, könnt ihr wieder mitnehmen!" Sie schmiss ein Schaf Richtung Tür. Die Kinder hatten es aus Kastanien und Holzstäbchen gebastelt. Nun lag es in seinen Einzelteilen auf dem Kirchenflur. Rote Feder ging zu Josephine und Ohrfeigte sie. Erschrocken lief Josephine aus der Kirche, an der Tür machte sie kehrt. Sie hielt sich ihre rote Wange und kämpfte mit ihren Tränen. „Das wird dir Leid tun, du Hexe. Dir und deinen, deinen...Mr. Landon übernehmen sie bitte. Ich komme vielleicht später noch mal, ich brauche jetzt etwas Zeit und niemand geht vorzeitig. Und sorgen sie dafür, dass das Schaf wieder auftaucht!" Sie griff ihre Jacke und eilte davon. George ging zu Roter Feder und nahm sie in den Arm.

Die Kinder hatten sich um das zerschmetterte Schaf
versammelt und versuchten es wieder zu einem Ganzen
zusammenzufügen. Vergeblich. Am Altar stand noch ein
Korb mit Nüssen und getrocknetem Obst, ich gab jedem
Kind eine Handvoll und entschuldigte mich,
auch im Namen von Ms. Meyer, sie hatte es bestimmt
nicht so gemeint, und schickte sie und ihre Mütter mit
einem Weihnachtsgruß nach Hause. George, Nathaniel
und Rote Feder verließen als Letzte die Kirche,
sie wollten nichts aus dem Korb, lehnten dankend ab.
„Frohe Weihnachten Mr. Landon."

Ich suchte nach dem verlorenen Schaf. Es blieb
verschwunden. Dann schmückte ich den Baum mit
Strohsternen und Nüssen und band noch ein paar
Schleifen um die Äste, doch die Spitze ließ ich frei, war
sie doch Daniel versprochen. Josephine kam nicht mehr.
Ich schloss die Kirche ab, vielleicht würde ich sie morgen
Früh zum Gottesdienst wiedersehen.

Sanft seine Hand,
Füchse, weichen,
Wölfe, weichen,
Rehe nahen,
im Himmel, Atem,
wie lange noch,
wie lange noch,
bis wir die Hälfte atmen,
bis wir atmen wie unter Wasser,
von uns lassen,
vertrauen auf seine sanfte Hand.

Kapitel 13 - Gerecht und aller Liebe Wert

Dunkler, wankender Raum. Wellengang. Ich konnte die
Äpfel riechen und das Holz, das sie bettete und jener,
der zwischen den Äpfeln lag, wirkte nicht wie ein Toter,
ein Schlafender, der es erwog Schlafender zu bleiben.
Kein Mond, der uns beobachtete, keine Sterne,
lautloser Himmel. Und ich mühte mich wieder, den ewig
Schlafenden auf den Äpfeln zu halten, die unter ihm
hervorquollen und ins schwarze Wasser fielen. Auch der
Gedanke, die Äpfel abzutragen, dass er nach unten ins
Boot glitt, erfüllte sich nicht. Der Wille dieses Traumes
blieb erhalten. Plötzlich öffnete er die Augen: „Hast du
kein Vertrauen?" Doch. „Dann lass mich gehen..."
Ich ließ von ihm ab und er glitt von den Äpfeln ins
dunkle Wasser und ich erwachte, schnell atmend.
Die Geburt des Herrn, geschah, während ich schlief.
„Nicht eine Stunde hattest du Kraft zu wachen."...

Ich war spät. Die Glocken läuteten bereits. Auf dem
Frühstückstisch standen Plätzchen. „Greifen sie zu.
Frohe Weihnachten." Ich nahm eine Handvoll und lief
nach Draußen. Der Nachthimmel löste sich in einen
roten Streifen, eine rote Schleife um den Weltenast.
Die Wachen sahen mich schon von Weiten über den
Hügel eilen und öffneten das Tor, so dass ich fast
ungebremst in das Reservat schlitterte. Josephine wartete an der Kirchentür, Pastor Wilson und die Anderen
waren schon in der Kirche. „Das Gestern, tut mir Leid,
mal wieder.

Ich wollte sie auch nicht im Stich lassen, da fast alle
kamen, scheinen sie ihre Arbeit gut gemacht zu haben.
Kommen sie nach der Messe mit mir? Ich vergaß sie
gestern zu fragen, ich hoffe dies ist jetzt auch nicht zu
kurzfristig für sie, oder haben sie es sich vielleicht doch
anders überlegt, mein Verhalten war gestern bestimmt
nicht sehr...einladend? Sie kommen trotzdem?
Sie wissen gar nicht... kommen sie, wir sind spät.“

George und Rote Feder fehlten. Die Kinder waren mit
ihren Müttern gekommen und auch Nathaniel saß an
seinem Platz. Die Predigt war so, wie ich sie schon
hunderte Male gehört hatte: ein liebloses Geschöpf aus
Worten, welches statt Liebe, ein geschichtliches Ereignis
nüchtern beschrieb. Als der Gottesdienst endete, fiel uns
auf, dass der Baum noch keine Spitze hatte, ich packte
Daniel auf meine Schultern und nach mehreren
Versuchen, hatte der Baum seinen Stern, der nun auch
über der Krippe leuchtete, wo jetzt auch das Kind
zwischen seinen Eltern lag. Jedes Kind bekam zum
Abschied noch eine Handvoll Nüsse und etwas
Trockenobst, wir verrieten unsere vorgezogene
Bescherung von Gestern nicht. Ich fragte Nathaniel nach
George und Roter Feder. „Es geht ihnen gut. Aber es
hatte sein Gründe.“ Ich gab ihm die Tasse und den
Beutel, beides hatte ich mit Plätzchen gefüllt,
Nathaniel lächelte.
Josephine kannte eine Abkürzung durch den Wald,
die sie jeden Morgen nahm. Sue-Ann blieb bei ihren
Großeltern. Dort wo Engel und das Christkind walten,

dürfen Kinderaugen nicht fehlen, wenn auch nur im
Geheimen. Der Pfad führte an dem Bach vorbei, er war
schon ganz abgetragen und wahrscheinlich älter als
Josephines tägliche Wege. Wir kamen zwischen Tor und
Brücke zurück auf den offiziellen Weg. Die Bedienstete
öffnete uns die Tür und wünschte uns sogleich frohe
Weihnachten. „Das ist ja ein schnelles Wiedersehen,
anscheinend hat es ihnen bei uns gut gefallen, war's das
Essen, der Whiskey oder die netten Damen, sie können's
mir ja später verraten, kommen sie rein und ja, frohe
Weihnachten.“ Der Händedruck des Generals war heute
ungewohnt sanft, so, als müsse er seine Stellung und
seinen Status nicht mehr behaupten, dieser war nun klar
und gültig, so konnte etwas Entspannung
eintreten. Auch Sue-Ann umkreiste mich erwartungs-
voll, es war wohl eher der Ausblick auf ein Geschenk,
der ihren Planeten in meine Umlaufbahn bewegte.
Natürlich hatte ich für jeden etwas mitgebracht, auch
für die helfende Hand, die sich Olivia nannte und deren
Familie auf den Baumwollfeldern schuftete, sie nannte es
nicht arbeiten, denn eine Arbeit hatte Arbeitszeiten und
einen Lohn, der Lohn war, am Leben zu bleiben, sie hätte
ihre Familie heute gerne gesehen, dies vertraute sie mir
in einem stillen Moment an, als ich nach ihrem Namen
fragte. Die mitgebrachten Geschenke waren dieselben
wie letztes Mal, nur in Variationen, die Freude darüber
war ein wenig verhaltener, ob des Mangels an
Originalität. Für Sue-Ann hatte ich ein Taschenmesser.
„Das ist doch kein Geschenk für ein Mädchen...“
Nur ihr Großvater schien amüsiert, „solange sie mir

keine Schimpfwörter in die Tischplatten ritzt, das darf
sie an Kirchenbänken üben." Ich flüsterte ihr ins Ohr,
wenn sie den Namen von Pater Pedro gefunden hat,
kann sie ihren Namen darunter ritzen. Sie lächelte und
es blieb unser Geheimnis. Vor der Bescherung gab es das
Festessen, das aus einer riesigen Gans, Kartoffeln,
Rüben und einer kräftigen, dunkelbraunen Sauce
bestand, die sofort ihre Spuren der Wanderung auf dem
weißen Tischtuch hinterließ. Sue-Ann aß nur wenig,
zu groß war die Aufregung auf den Weihnachtsmoment
in dem Zimmer nebenan, das seit gestern verschlossen,
aber nicht unbeobachtet war. Als endlich der Moment
seinen Auftritt hatte, schloss Olivia die Tür auf und
lud alle in den abgedunkelten Raum, der trotzdem hell
erstrahlte. Die Kerzenflammen auf der Weihnachtstanne,
spiegelten sich in den bunten Kugeln und warfen deren
Licht zurück in den Raum, als wären Kirchenfenster
anwesend, die das einfallende Licht der Sonne in
überirdische Farben wandelten. Das bunte Mosaik tanzte
bei jeder Bewegung, die sich über ein Innehalten
hinausbewegte. Auf der Spitze des Baumes wachte ein
Engel, der einen Stern über seinen Kopf hielt, in dessen
Mitte ein rotes Herz leuchtete. Ich wunderte mich, dass
diese üppige Gestalt von der zarten Spitze gehalten
wurde. Geschenke wurden überreicht und deren Inhalt
mit einem Ausruf der freudigen Überraschung
untermalt, auch wenn man den Inhalt schon ahnte.
Josephine zog mich in eine Ecke des Zimmers,
wo die Schatten über Unbeobachtetes wachten.
„Das ist für sie, nur eine Kleinigkeit..."
Im selben Moment küsste sie mich.

Dies kam für mich unerwartet und ich zuckte zurück.
„Entschuldigung ich dachte...ich meine...sie...“
„Ma, hier bist du, schau mal, das ist für dich...“ „Und,
gefällt's dir? Ich hab's mit Blumen bemalt, Schafe sehen
mit dem Weiß, immer so langweilig aus...Ma? Ma...du
weinst ja...“ Josephine lief aus dem Zimmer, ich
versuchte ihr zu folgen, doch der General hielt mich
zurück. „Weiber!“ Ich beschloss zu gehen, ein flüchtiger
Dank und ein „Frohe Weihnachten“, war alles was ich
zurückließ. Olivia reichte mir den Mantel und Sue-Ann,
hielt meine Hand...“bitte gehen sie noch nicht...bitte...“
Ich sagte, ich würde wieder kommen und ich müsste
jetzt zu der Weihnachtsfeier meiner Vermieter,
sie würden schon auf mich warten. So viele Lügen,
an so einem heiligen Tag. Manchmal waren sie aber der
einzige Schlüssel zu einer verschlossenen Tür.
Olivia wusste um die Lüge und um ihre innewohnende
Freiheit und wünschte mir alles Gute. Ich lief, so schnell
ich konnte. Ob eine Sonne schien, weiß ich nicht mehr,
vielleicht waren es auch tausend Monde, die mich
denselben Pfad nehmen ließen, auf dem ich kam. Der
Bach hatte sich aus den Fängen des Eises befreit und
plätscherte von Quell zu Ozean. Meine Befreiung war
mehr ein Stolpern, ein Rutschen, ein Fallen und ich
wusste wohin, endlich wohin.

Am Reservat ließ man mich überrascht ein. Ich sagte,
ich hätte etwas vergessen. Wieder eine Lüge und
eigentlich nicht. Dann hörte ich Schüsse. Sie kamen von
oberhalb, ich konnte niemanden sehen,

doch sie schlugen unmittelbar vor mir ein und lockte
die Bewohner aus ihren Häusern. Ich rief: Zurück,
zurück! Wieder Schüsse, diesmal trafen sie das Dach
und durchschlugen eine Scheibe. Die Wachen vor dem
Tor, wussten nicht, wie sie reagieren sollten, das Feuer
erwidern oder abwarten, ihre Diskussion war laut und
bis in den Innenhof zu hören. Das Zelt öffnete sich und
Mondauge kam heraus, nur knapp verfehlte ihn die
Kugel, die in das gespannte Leder des Zeltes einschlug.
Rote Feder zog ihn nach hinten und lief zu mir.
„Komm, vertrau mir." Wieder fiel ein Schuss und wieder.
Rote Feder zog mich ins Innere des Zeltes.
Die Schüsse klangen nun dumpf und ich befand mich
in einem großen Raum, er wirkte wie der Bauch einer
riesigen Höhle und inmitten des Raumes befand sich ein
Becken, ungefähr auf Hüfthöhe, rechteckig, angefüllt mit
Wasser, welches über die
Ränder lief. Darauf trieben Äpfel.
„Komm weiter..." am Ende des Raumes befand sich ein
Spalt, aus dem warmes Licht drang, das so anders war,
als das mir Bekannte...

Gerecht und aller Liebe wert,
sanft deine Hand,
die ich nur aus der Fern' gesehen,
auch die Anderen,
die diese Erde hielten,
über mir ein Himmel,
hier und an anderer Stell',
jeder Tag ein Wieder und Wider,
in einer Blüte,
du selbst hast sie dort hineingelegt,
dein Name, mit Honig geschrieben,
um nichts kümmernd als um sich selbst,
gelb die Felder,
die uns beschenkten.

Lieber Leser, jemand sandte mir Christophers Tagebuch.
Kein Absender, kein Brief, keine Absicht. Einiges hab
ich hinzugefügt, einiges verschwiegen. Es gab Tage, da
wollte ich aufbrechen und nach ihm suchen, es gab Tage,
da wollte ich all dies ruhen lassen. Und doch, während
ich diese Zeilen schreibe, befinde ich mich auf dem Weg
nach Westen, eine Reise, die ich meinen Träumen verbot.

Pater Pedro Pinto

Aus dem Tagebuch von Pater Pedro Pinto
Frühling 91

Weiß die Felder,
die ich ließ,
Heimatgefühle,
im Abschiedsgruß,
Ich-bleiben,
in der Fremde,
das ist, was die Sterne singen,
im Wolfe nicht die Jagd,
wenn da kein Hunger,
lass mich Bruder sein,
damit es Liebe bleibt.

Die Schiffe fuhren erst wieder im Frühling.
Mein Orden ließ mich ziehen, sie wussten um die
Dringlichkeit, wenn einer der Ihren verschwindet,
er hat Verantwortung, übernahm er doch die Aufgabe
unserer Eltern, die uns bis zur Volljährigkeit führten.
Christopers Tagebuch, ließ mich schaudern ob der
Geschehnisse an einem Ort, den ich kannte, mit
aufbaute, ließ mich schaudern ob der Aussagen
geliebter Menschen, ließ mich schaudern bei Sue-Anns
Namen, deren Mutter ich einst liebte, mehr als erlaubt.
Ich dachte, ich könnte vergessen, wusste aber auch,
dass „Vater" in mein Herz geschrieben, mein Kainsmal,
das ich bis zum Ende trage, weil es nicht erfüllt.
So stehe ich zwischen den Welten, was ist ein Pater

schon anderes, als ein Mittler zwischen hier und dort, zwischen Gestern, Heute, Morgen und dem Ewigen.

Ach was liebte ich an der Oberfläche, all die Jahre zuvor und jetzt, lebe ich mit der Sehnsuchtswunde, die selbst durch gute Träume, gute Tage, hindurchblutet.

Mir schauderte vor der Überfahrt, denn der Wellengang ist mir saurer Wein. Zum Glück jagt die See im Frühjahr nur zahme Stürme. Mein Telegram wurde bestätigt und ich konnte wieder bei Louis und Edna Obdach finden, sie bewahrten auch die Dinge von Christopher auf, der ganz plötzlich verschwand. Sie hätten sein Hab- und Gut beinahe an ein Pfandhaus gegeben, doch sein mitgebrachtes Kreuz, erinnerte sie daran, dass er ja einem Orden unterstand und somit auch seine Habseligkeiten. Sie hatten mir sein Tagebuch gesandt. Sie bedauerten sein Verschwinden, vielleicht waren es doch die Wölfe, man erzählte sich schon Geschichten über Christopher und sein etwas seltsames Verhalten und seine Vorliebe für Wälder. Letzteres konnte und kann ich bestätigen, nicht selten gingen wir gemeinsam dort spazieren, dort ließ sich vorzüglich philosophieren, immer wieder fiel er in einen Zustand des plötzlichen Verstummens und schien dem Traume näher als dem Hier- und Jetzt. Lieber Freund, ich mache mir Sorgen und nicht gerade Wenige. Noch mehr, als die wilde See, fürchte ich Josephine und ihren Vater. Sie wissen nicht von meinem Kommen, ahnen wohl, dass der Orden eine Vertretung sendet, wenn eines seiner Mitglieder, wie sagten sie so schön, anderweitig berufen wurde.

1 Jahr war vergangen als ich von jenem Ufer ablegte,
das ich nun wieder betrat. Noch lag Schnee auf manchen
Dächern, er fand sich auch an den Rändern die im
Schatten lagen, sein Weiß war längst in ein staubig,
Braun gefärbt, manchmal mit schwarzen Sprenkeln,
wenn sich Asche darin fing und nicht mehr von ihm
ließ, erste Wärme hätte Geduld und Kraft, um der Asche
ihren Flug zurückzugeben. Ich kam mit einem Koffer,
hoffend er würde genügen, für die Dinge die zu
erledigen sind, die vielleicht komplexer erschienen,
als die sie sich am Ende offenbaren würden. Es war ein
reges Treiben auf den Straßen, der Frühling tut den
Menschen Wohl. Ich kam mittags, die Sonne stand an
ihrem höchsten Punkt, doch die Wärme reichte nur für
einen offenen Mantel. Die Kutsche brachte mich auf
einer rasanten Fahrt in das mir bekannte Dorf. Nicht
Wenige rieben sich verwundert die Augen, als sie mich
erkannten. Mein Bart verbarg mein Alter nicht mehr,
der weiße Streifen der von Unterlippe über mein Kinn
reichte, war gewöhnungsbedürftig, mochte ein schneller
Blick zu der Meinung führen, ich hätte gerade ein Glas
Milch, mehr gierig, als vornehm zur mir genommen.
Meine Soutane, strich immer wieder über aufgehäufte
Wagenspuren und verzierte ihre Enden mit demselben
Braun, des beschatteten Schnees. „Pater Pedro, welch
eine Freude!" Edna fügte ihren Worten eine herzliche
Umarmung hinzu, Louis, murmelte unverständlich,
aber seine Umarmung war nicht minder herzlich. „Ach
es ist alles so schrecklich…kommen sie erstmal rein und
legen sie ab, Louis bringt ihre Koffer nach oben,

das Zimmer und den Weg dorthin kennen sie ja noch.
1 Jahr ist nicht lange, aber gefüllt mit Schmerz ist es eine
Ewigkeit. Sie haben sicher Hunger, ich stell die Suppe
noch mal auf den Herd."
Das Zimmer war fast unverändert, in einer Ecke stand
Christophers Koffer und es roch nach Tabak, nicht stark,
aber doch merklich. Ich wusste nicht, dass Christopher
rauchte, vielleicht hat er es sich auf der langen Überfahrt angewöhnt, die Kälte ruft nach Wärme, auch nach
innerer. Das Bild mit dem dunklen Wald empfand ich
noch immer als bedrückend, ein finsterer Krähenwald
mit spielenden Kindern davor. Ob es ein Gast vielleicht
schon mal abnahm und unter das Bett schob, weil er das
dunkle Fenster nicht ertrug? Ich stellte meine Koffer zu
Christophers und ging nach unten.

Kapitel 1 – Weiß die Felder

Es gab mehr Fragen als Antworten. Die Suppe schmeckte noch immer vorzüglich und es fehlte noch immer etwas Salz. Edna erzählte mir von Christophers plötzlichem Verschwinden, was in dem Telegramm nur angeschnitten war. Der Schlacht am Wounded Knee, dem Verschwinden der Dakota aus dem Reservat und von Sue-Ann und Josephine, die sie freitags immer im Dorfladen trafen. Josephine sah krank aus, vielleicht auch nur überfordert, musste sie doch das Reservat nun einige Wochen alleine führen und plötzlich waren sie alle weg. Niemand hatte es bemerkt, sogar die Wachen nicht, die keine andere Aufgaben haben, als Dinge zu bemerken. Meine Ausbeute an Informationen war weitaus weniger aufregend. Ich hatte eine kleine Gemeinde am Rande von Valencia zu betreuen, London versetzte mich wieder in meine Heimatstadt, zumindest in ihre Nähe, die irgendwann auch ein Teil ihrer Umarmung sein wird. Es war schön, wieder die eingeschriebene Sprache zu sprechen, Düfte, Essen und Wärme zu berühren, die im Herzen ein Echo finden. Ich liebe die Sonne dort, die hier so ganz anders ist.

Weiß die Felder,
auf die sie scheint,
Licht verteilt,
in meiner Heimat ist's versetzt mit Wärme,
hier ist's das Leuchten der Sterne,
so anders
und doch dasselbe,
wandelt mein Lächeln,
wandelt meine Tränen.

Christophers Koffer war leicht, leichter als erwartet.
Darin ein Kreuz, ein paar Bücher, ein Rasiermesser und
schmutzige Wäsche, Briefpapier und ein Federkiel.
Es roch unangenehm, Edna, hatte alles nur in den Koffer
gestopft, wohl in der Hoffnung, dass Christopher bald
wieder käme. Ich ging hinab zum Reservat. Die Wiesen
waren feucht und dampften in der Sonne, die zu sich
nahm, was sich nicht unter Schatten verbarg. Keine
Wachen. Ich entriegelte das Tor und fand einen
verwüsteten Innenhof vor. Keine Spuren wurden
verwischt. Zerbrochenes, vor Angst Erbrochenes,
Umgestoßenes, aufgetürmte Verstecke, Blut und Splitter.
Die Außenhaut des Zeltes, zerfetzt, machte den
feinen Wind sichtbar. Ich konnte mich an die roten
Handabdrücke erinnern, neue sind hinzugekommen,
keine die beabsichtigt waren. Fenster lagen in Scherben,
Türen standen offen, das Feuerholz verteilt und der
Feuchtigkeit ausgesetzt. Nur die Kirche blieb verschont.
Die Fenster spiegelten den blauen Himmel, die Tür war
verschlossen. Der Blick durch das Fenster offenbarte

noch die Reste von Weihnachten. Ein Baum, seines
grünen Kleides beraubt, der Schmuck auf seinen dünnen
Armen war teilweise mit den Nadeln zu Boden
gewandert. Die Spitze abgebrochen, der gewichtige
Engel lag auf dem braunen Nest und schlief mit
gebrochenen Flügeln. Ich meinte, dass irgendwo noch
ein Ersatzschlüssel versteckt sein müsste, alle möglichen
Verstecke beherbergten Leere. Selbst die Krähen hatten
von diesem Ort gelassen. Die Stille war
unnatürlich dicht, das, was eingesperrt wurde,
hinterließ kein Echo mehr, nur meine Schritte begeleitete
ein bekanntes Geräusch und doch blieben sie, wie ich,
Fremde in einer Umgebung, die Menschen unsichtbar
machen sollte. Auftrag erfüllt. Niemand war zu sehen,
die Häuser leer und selbst das stets verschlossene Zelt,
gab seinen Inhalt preis. „Hey, du da. Verschwinde. Das
ist noch immer Staatsgebiet. Hier gibt's nichts zu holen.
Und wenn du was eingesteckt hast, dann leg es jetzt am
besten auf den Boden, aber langsam!" Eine Wache stand
mit auf mich gerichtetem Gewehr am Tor. „Ein bisschen
schneller!" Ich kannte die Wache nicht, sie kannte mich
auch nicht. Mit erhobenen Händen kam ich näher und
versuchte mich zu erklären. Als er meinen Kragen und
meine Soutane sah, senkte er das Gewehr. „Sie sind
Priester, der Nachfolger für Mr. Landon?" Ich bejahte.
„Ich würde ihnen empfehlen, zuerst mit General Meyer
zu sprechen, bevor sie hier eigenmächtig Tore öffnen,
oder stand es am Ende offen? Ich sage dies, nicht um sie
zu ärgern, vor allem wegen ihrer Sicherheit. Hier sind
in den letzten Monaten seltsame Dinge geschehen und

manche meinen, auf diesem Ort liege nun ein Fluch,
nach all dem Blut. Meine Vorgänger finden keinen Schlaf
mehr, sie wurden von hier abgezogen. Ich patrouilliere
hier mit meinem Kollegen um Diebe und Neugierige
abzuwimmeln. Sie sind der Erste seit Tagen. Der
Letzte der hier war, verließ fluchtartig den Ort, er meinte
Kinderstimmen zu hören und sah eines sogar hier auf
den Pfählen spazieren gehen, dort wo normalerweise die
Krähen sitzen. Die kamen seit dem Vorfall hier,
nicht mehr zurück. Ganz blass war er. Sie sahen nichts
Ungewöhnliches? Vielleicht nehmen Geister Rücksicht
auf geweihte Seelen, ich weiß es nicht. Sprechen sie zu
erst mit dem General, er kann ihnen bestimmt
weiterhelfen." Wir gingen einmal um das Reservat und
er zeigte mir die Einschusslöcher und erzählte mir von
dem Grauen, welches hier einzog, das Dorf sei nach
dem Unglück ein anderes. Auch wenn niemand Kontakt
hatte, nicht haben durfte, sie störten niemanden und so
ein Ende wünschte man ebenso niemanden.
Mich fror und ich hatte das Bedürfnis, abzureisen,
was sollte ich hier noch bewegen können. Ich kannte die
Menschen, wir bauten all dies mit eigenen Händen,
vor allem die Kirche. Ich hatte viele Fragen und doch
wollte ich darauf keine Antworten.

Kapitel 2 - Die ich ließ

Es ist schön mit den Vögeln zu erwachen, es bestätigt
der Seele etwas, vielleicht, dass man noch am Leben ist.
Ein warmer Wind strömte in mein Zimmer als ich das
Fenster öffnete. Ich konnte von dort aus auf die Berge
blicken, die dem Dorf näher standen, als das Meer.
Meinem Herzen jedoch, blieben sie fern. Bei Christopher
war es anders, in ihm wohnte ein Eremit, der die
Zuflucht in den Bergen und Wäldern suchte. Was uns
beide verband, war der Wind, meiner schlich durch
Wellen, seiner durch Äste und hatte doch dasselbe zu
erzählen. Ich wusste um meinen Gang nach Canossa,
unvermeidbar, um meinem Kommen einen Sinn zu
geben. Ich würde hier keinen Lohn bekommen, deshalb
gab mir mein Orden das Geld für die Miete mit.
Der Gedanke mit so viel Geld auf Reisen zu gehen,
machte mich unruhig und ich zog in meiner Unsicherheit wohl nicht wenige neugierige Blicke auf mich.
Ich war froh und wohl auch Edna, als ich ihr das Bündel
Geldscheine überreichte. Obwohl der Orden nicht
wusste wie lange ich bleiben würde, bezahlten sie für
ein Jahr. Ich gab ihr nicht das ganze Bündel, ich bezahlte
erstmal für ein halbes Jahr, Eventualitäten in einem
fremden Land, wollen mitbedacht werden. Die frische
Luft vermochte zwar meiner Müdigkeit
entgegenzutreten, nicht aber dem Tabakgeruch, der sich
überall dort fing, wo er sein Überleben gesichert sah.

Das Dorf begegnete mir freundlich. Viele neue Gesichter, aber auch Bekannte, nur die wenigsten ließen sich auf ein Gespräch ein. Bevor ich den Weg zum General und somit auch zu Josephine einschlug, besuchte ich nochmal das Reservat. Ich würde Josephines Weg durch den Wald nehmen, er war zwar kürzer, aber er bot mehr Ablenkung. Ich liebte den quasselnden Bach, der meine Gedanken übertönte. Auf dem Hügel hielt ich inne. Keine Wache war zu sehen. Doch auf den Zaunpfählen, die das Reservat umrundeten, balancierte ein Kind. Junge oder Mädchen, konnte ich aus der Entfernung nicht erkennen. Als ich näher kam und die Pfähle in die Höhe wuchsen, war es verschwunden. Ein Leichtes, aus dem Blickwinkel. Ich rief etwas nach Oben, doch Antwort gab nur ein Schweigen. Ein anderer Blickwinkel aus dem Wald heraus, offenbarte das gewohnte Bild von Flucht und Zerstörung. Auf dem Zaun befand sich niemand. Ich reichte dem Bach meine Hand und trank einen Schluck aus seiner offenen Ader. Schneller als gedacht und gewollt, erhob sich die Villa Meyer. Ausgerollt, ein grüner Teppich aus Gänseblümchen und Glockenblumen. Ostern stand vor der Tür. Die Auferstehung war schon jetzt spür- und sichtbar. Mein Herz legte die Hand in seine Wunde. Mein Herr und mein Gott! Ja du bist's!

Das Tor stand offen. Nicht weit, aber soviel,
dass ich hindurchgehen konnte. Langsam meine
Schritte, schnell meine Gedanken. Noch ehe ich eine
Glocke läuten konnte, wurde ich bemerkt, Olivia
öffnete, erst vorsichtig, dann zog sie mich hinein.
„Da bist du wieder! Endlich!" Unsere Umarmung war
innig, so innig, dass sich unsere Herzen berührten.
„Sie sind nicht da. Wenn sie dich hier entdecken, ich
weiß nicht was der General dann mit dir anstellt und
Josephine..., aber Sue-Ann wird vor Freude verrückt
werden, noch verrückter. Sie hat leider mehr von ihrer
Mutter, als von dir. Sag, kommst du zurück, sag bleibst
du?" Ich wusste nicht was ich sagen sollte, ich rechnete
mit dem Tod, aber nicht mit dem Leben, als sich die Tür
öffnete. Ich hatte sie vermisst, mindestens so sehr wie
meine Tochter. Zu verdrängen war nicht nur ein Mensch,
es waren zwei, dies fasst mein Herz nicht. „Christopher?
Ach es ist einfach nur traurig, er verschwand kurz nachdem er hier war, irgendwas war vorgefallen, zwischen
ihm und Ms. Meyer. Dann folgten Schüsse auf das Lager.
Es war erst der Anfang, kurz vor dem Jahreswechsel
beschossen sie das Reservat, ach Pedro, es kamen so
viele Menschen zu Schaden und starben. Es dauerte
Tage, bis sie sie in den Wald schafften und dort
verbrannten, für Gräber war der Boden zu hart. Das Eis
erlaubt keine Toten. Seitdem meiden die Menschen hier
die Wälder, sie fürchten die Wut der toten Seelen.
Manche meinen, sie noch zu sehen, am Reservat,
aber auch im Dorf, auch hier am Haus. Es ist unheimlich,
es geschehen Dinge, die ich mir nicht erklären kann.

Du musst wieder gehen, sie könnten jeden Augenblick
zurückkommen. Komm morgen wieder. Ich werde sie
darauf vorbereiten, mach dir keine Sorgen,
der General…er hat noch immer Gefühle für mich,
berührt mich aber nicht mehr, seine Frau ist streng und
bissig und aufmerksam wie ein scharfer Hund.
Niemand weiß von uns und Ms. Meyer…, ihre Wut ist
vermutlich nicht abgekühlt, trotz 2er Winter.
Mach schnell. Bitte."
Wir küssten uns. Verloren uns aber wieder in dem
Geheimnis, das uns beschützte und ich eilte zurück
ins Dorf.

Die ich ließ,
ritten in Nebelebenen,
wenn ich rief,
nur das Pferd,
abgeworfen,
mein Wille,
der Zügellos,
mit verteilten Rollen,
Wahrheit spricht.

Kapitel 3 - Heimatgefühle

Heute wagte ich den Wald, bevor man mich davor
warnte und ein Gedanke mich darin bestätigte.
Wenn ich Christopher finden wollte, dann dort.
Lebendig oder in den Resten der Asche, die immer etwas
zurückließ. Krähen kreisten in Wirbeln, das Reservat lag
noch unter dichtem Morgennebel, der Wald hatte sich
zurückgezogen, das Zahnfleisch eines alten Zahnes,
der nun ungeschützt aller Süße ausgesetzt. Äxte hinterließen wunde Stellen, erst dort wo der Wald wieder
dichter wurde, fanden sich Aschehäufen. Verkohltes
Holz, aber auch angeschwärzte Bäume und Äste die zu
dicht über dem Feuer standen und zu verbergen
versuchten, was nicht sein sollte. Noch war nicht alles
vom Wind abgetragen, noch war nicht alles von Regen
und Schnee zurück in den Erdboden gezogen. Ich nahm
einen Stock und tastete mich durch diesen unheiligen
Grund, den ich nachträglich segnete, mögen diese
unschuldigen Seelen ihren Frieden finden, an welchem
Ort auch immer. Ich versuchte bei meinen Schritten
keine Schwärze zu berühren, doch immer wieder
knackte es und ich hoffte, dass es nur Äste waren.
Der Nebel schlich sich davon und das erste Sonnenlicht half mir bei der Suche. Nicht alles hatte das Feuer
aufgefressen, es war nicht gründlich, wahrscheinlich war
es zu kalt. Manches war noch Hautbedeckt und auch die
Kleidung erkennbar in Farbe und Form. Schmuck und
Haarreste, Knochen klein und groß. Ich wusste nicht
wohin mit all dem Ekel und der Abscheu, letztere fand
noch kein Gesicht, kein Warum, hätte eine Begründung.

Irgendwann brach mein Stock an der Tiefe einer Stelle,
welche wohl die Erste war. Man merkte wohl bald, dass
man sich überschätzt hatte an der Menge des Gewollten.
Waldtiere waren schon hier und nahmen sich, bald
würde auch die Sonne jene Stelle ausfindig machen und
sich ihrer bedienen und Helfer ziehen. Ich beschloss in
den nächsten Tagen, vielleicht mit Hilfe der Wachen,
Gräber auszuheben. Jeder weitere Tag brachte zwar
mehr Tiere, aber auch der Boden würde sich lockern.
Ich fand nichts, was auf Christopher deutete. Doch es
genügte für unüberwindbare Bilder und Träume und
eine Übelkeit, die noch lange anhielt. Der Geruch war
seltsam süßlich und ich trug ihn noch Tage in Nase und
Kleidung.
Auf dem Heimweg, traf ich auf eine der Wachen und bat
sie um Hilfe, die sofort zurückgewiesen wurde.
Niemand würde mehr einen Fuß in den Wald setzen,
er sei nun von Geistern bevölkert. Vielleicht der Jäger,
er hatte seine Aufgabe dort und auch sein Auskommen,
er musste dorthin. Vielleicht ist er im Saloon, dort ließen
sich angelachte Geister zwar nicht vertreiben,
aber betäuben.

Heimatgefühle,
ausgesandt,
wo sich Asch' und Flamm' vergnügen,
Abschiede besiegeln,
in weihevollem Gesang.
Unter Mühlenflügel,
Schatten aufgenäht,
den Sternen verfallen,
die all dies aus der Ferne sehen,
dunkles Land,
herausgehoben aus dem Tag,
…bist Frühling,
doch noch immer Schnee.

An einer Straßenecke ein Lumpenmädchen, es spielte auf einer verstimmten Geige. Ich kannte diese Melodie, unverfälscht wohl auf einem Klavier. Ich fragte mich warum sie dort stand, denn die Musik aus dem Saloon übertönte ihr Spiel, vielleicht auch die falschen Noten. Es erschien mir sinnlos, doch ihre Mühe war mir ein paar Münzen wert. Sie lächelte, da bemerkte ich erst, dass hinter ihr wohl ihr Bruder stand, der sofort die Münzen griff und in seine Tasche steckte. Was gegeben wurde, sollte nicht mehr genommen werden. Im Saloon herrschte reges Treiben und dies schon am frühen Morgen. Mienenarbeiter lösten ihren Lohn in Bier und etwas nackter Haut ein und versuchten ihn im Kartenspiel zu verdoppeln. Das Klavier spielte wie von Geisterhand, Melodien aus Übersee zu denen einige Frauen ihre Füße schwangen.

Ein Zigarrepaffender Herr, war der Einzige, der bis vor
die Bühne rückte und das mechanische Spiel aus der
Nähe betrachtete. Die Theke beherbergte viele Ellbogen
und Köpfe, die sich dem Halbschlaf ergaben, in diesem
Raum war Nacht am helllichten Tage. Ich fragte den
Barmann ob der Jäger auch hier sei, er deutete auf
einen Tisch in einem dunklen Winkel.
„Ah, der Kirchenmann, sie wollen zu mir?
Gräber ausheben? Für die Dakota? Haben sie keine
Angst vor deren Geister? Ich? Ich glaube nicht an
Geister, aber an Wölfe und Bären. Dort wo der Tod ist,
sind sie nicht weit. Sie hatten es schon angekündigt,
vor dem Massaker, ja ich möchte es so nennen, da waren
die Wölfe schon hier, noch vor den Geistern. Ihr Kollege
kann dies bestätigen, den sah ich ein paar Tage zuvor
noch im Wald, keine Ahnung ob er betrunken war,
oder krank, auf jeden Fall, hatte er Glück, dass ich
gerade in der Nähe war. Auf den Whisky warte ich bis
heute. Nein, seit dem sah ich ihn nicht mehr. Ob ich
ihnen helfe? Nun, wenn sie Geld und Whisky
aufbringen können, sagen wir, jeden Tag eine Flasche,
dann kommen wir ins Geschäft. Spaten kann ich ihnen
leihen, sie sehen mir aus, dass sie anpacken können,
dann könnten wir es an zwei, drei Tagen schaffen.
Am besten so schnell wie möglich, ehe der Regen das
Erdreich wieder beschwert. Morgen Mittag?
Abgemacht!“

Kapitel 4 - Im Abschiedsgruß

Es regnete. Die ganze Nacht schon. Ich hoffte auf ein
baldiges Weiterziehen der dunklen Wolken, doch sie
hielten sich in den Bergen, was im Walde offen lag,
sollte gesehen werden. Ich beschloss das Begräbnis zu
vertagen, doch der Jäger war nicht im Saloon. So ging
ich hinunter zum Wald. Eine der Wachen grüßte mich
schon von Weiten, der Regen fing sich in den Beulen
seines Hutes und floss von dort in Fäden über seine
Schultern. „Na, was treibt sie denn so früh hier hinaus.
Hatten sie Glück mit dem Jäger, er ist manchmal etwas
launisch aber sonst ein guter Kerl, mutig, wie es mir
scheint, ist er auch. Ich hab ihn heute noch nicht
gesehen, nein. Waren sie schon beim General?
Ich glaube dieser Weg scheint mir dringlicher,
als jener zu den Geistern."
Er hatte wohl nicht ganz Unrecht und so nahm ich den
kurzen Weg, am Bach entlang, zu dem Anwesen.
Der Bach gebärdete sich heute angriffslustig, spuckte mir
immer wieder auf die Stiefel und rauschte lachend
an mir vorüber. Als ich mich noch mal zum Reservat
umdrehte, sah ich es wieder, dieses Kind was auf den
Pfosten balancierte. Ich war schon versucht, nochmals
hinunterzulaufen, doch ich ließ es sein. Aufgrund
meiner Kräfte, die ich jetzt wohl noch benötigen würde.
Pfützen verteilten sich auf der grünen Wiese, die noch
gesättigt, von dem getauten Schnee. Das Pavillon trug
Schleier aus Tropfenfäden und die weißen Stufen die
hinauf zur Tür führten spiegelten den grauen Himmel.

Ich läutete, keine Regung. Ich meinte Schritte zu hören, es brannte Licht. Auch der zweite Versuch blieb unbeantwortet. Ich ging um das Gebäude herum und war über meinen Mut erstaunt, der Fluchtgedanke lag doch näher. Auf der Terrasse stand lediglich ein Besen im Schutze des Balkons. Das Auge der großen Glastür war samtschwer. Wahrscheinlich hatte die Ankündigung, verständlicherweise, wenig Vorfreude ausgelöst. Ich hoffte, dass sich die Reaktion nicht gegen Olivia richtete, die doch nur Überbringer war. Da vernahm ich ein Schluchzen, es kam nicht von innerhalb. Es drang aus dem Schuppen, der nicht weit von der Veranda mit allerlei Gartengerät auf seinen täglichen Einsatz wartete. Die Tür nur angelehnt, ich überlegte zu klopfen, doch die Neugier war größer als der Gedanke an Höflichkeit. In einer Ecke, neben einem Korb, saß Sue-Ann. „Pedro!" Als sie mich erblickte überfiel sie mich mit einer Umarmung, ach wie hatte ich sie vermisst. „Du bist aber kein Geist? Es sind so viele geworden. Sie kommen immer nachts. Manchmal kann ich sie von meinem Fenster aus sehen, wie sie im Pavillon sitzen, manche tanzen sogar. Ob Geister Decken wärmen?" Ich fragte sie, ob sie vielleicht Christopher unter den Geistern erkannte, es war nicht neu, dass sie mir von Geistern erzählte. Früher waren es die Pferde der Dakota, die scheinbar bei ihren Besitzern blieben und über sie wachten. Josephine erschreckte diese Äußerung und verbot ihr, darüber zu sprechen, als sie George aber doch davon erzählte, weil ihm stets ein Pferd folgte, bedankte er sich und schenkte ihr einen bemalten Stein.

Dass sie nun auch menschliche Seelen sah, überraschte mich. Der Geister- und Ahnenglaube ist mir nicht fremd, in meiner Heimat ist er teilweise noch sehr lebendig. Ich fragte sie, warum sie hier draußen saß und weinte. „Ach…, sie haben Olivia hinausgeworfen. Ma, war sehr wütend. Ich mochte sie gerne. Sie war doch die Einzige in dem Haus, die mir zuhörte. Nein, ich weiß nicht, wo sie jetzt ist. Es ging alles sehr schnell. Eine Kutsche holte sie ab, dort saßen schon einige, die wie sie aussahen. Sie sagte, sie würde mich vermissen und sie gab mir einen Zettel, den Ma leider entdeckte, der machte sie wütend und jetzt bin ich hier, ich will da nicht mehr rein." Ich bot ihr an, mit mir zu kommen. Ich brauchte den Satz gar nicht zu beenden, ehe er mit einem „Ja", beschlossen war. Im Schuppen waren auch ein paar Decken. Ich legte ihr eine über und wir gingen den Weg, von dem ich kam.
Edna war hoch erfreut über den kleinen Gast. Sie reichte ihr Kekse aus einer Blechdose und bat sie zu sich ins Wohnzimmer ans offene Feuer. Edna kannte die Geschichte, die in dem ganzen Dorf wohl ein offenes Geheimnis war, gerade nach meiner Abreise.
Die Menschen konnten ja zählen und rechnen und eine Ähnlichkeit war nicht von der Hand zu weisen, da Sue-Anns Haut auch etwas dunkler, als die der Anderen war. Der offizielle Vater, war nur eine kurze Begegnung und schon lange gefallen. Ein Soldat und Freund des Generals. Ich lernte ihn noch kennen. Nicht sehr gesprächig, aber eine stattliche Erscheinung.

„Der General, wird wohl bald vor der Tür stehen.
Er liebt seine Enkeltochter. Aber lassen sie ihr noch ein
paar Momente, bis sie sich wieder aufgewärmt hat,
die Kleine ist ja ganz durchgefroren. Schmecken die
Kekse? Das findet Louis auch, der mopst in der Nacht
heimlich welche, irgendwann fällt es dann auf, die Dose
war mal voll und wird nur zu besonderen Momenten
geöffnet. Aber ich lass ihn im Glauben, schlauer zu sein
als ich, so hab ich ihn unter Kontrolle."

Im Abschiedsgruß,
ein sanfter Ton,
ganz auf Regen gestimmt,
da erinnert's in stiller Stund',
wundgroß,
auch an erste Worte.

Kapitel 5 – Ich-bleiben

Das Befürchtete blieb aus, das Erhoffte blieb aus.
Am späten Nachmittag gingen wir hinab zum Reservat.
Der Regen hatte sich in Nebel zurückverwandelt.
„Ah die kleine Miss. Dies ist aber kein Ort für dich,
auch mit geistlichem Beistand!" „In der Kirche ist noch
etwas von mir, ich muss es wieder haben. Ist es denn
gefährlich dort drin?" „Na ja, gefährlich. Gefährlich ist
es hier draußen oder im Wald, da drin kann euch
eigentlich nichts geschehen. Ich bin ja hier. Aber es ist ein
Ort der, der jetzt ganz anders ist, als du ihn in
Erinnerung hast und dies könnte schon schwierig sein,
was sagen sie denn Pater?" „Sehen sie, er hat auch nichts
dagegen." „Weiß dein Opa denn, dass du hier bist?"
„Er meinte ja auch, wir sollten nachsehen ob das…
Ding…hier ist." „Aha, das Ding also. Aber wenn er das
sagt, so ist dies ja so etwas wie ein Befehl. Nun gut.
Aber beeilt euch mit der Suche nach dem Ding.
Pater, sie halten die Uhr im Aug, in einer halben Stunde
sind sie wieder am Tor, dann wird es dunkel und
Dunkelheit zieht wilde Tiere und…" Er öffnete das Tor
und ließ uns ein. Sobald wir im Reservat waren, fiel der
Riegel wieder in sein Bett. „Wilde Tiere und was….
Geister? Ich hab keine Angst vor Geister." Sue-Ann
wurde ruhig und griff meine Hand, als sie den
zerstörten Innenhof sah und das Zelt, dessen Würde
auch in seinem zerstörten Kleid erhalten blieb. „Komm,
schnell…weißt du wo der Ersatzschlüssel ist?
Ma hat es dir nie verraten? Schau…Hier ist er!"

Sie kroch unter die Eingangsstiege, anscheinend war er
dort platziert und über all die Jahre…aber wer sollte ihn
schon nutzen wollen? „Die wichtigen Dinge sind immer
unten. Kannst du aufschließen? Das Schloss geht so
schwer." Das Türschloss ging schon immer streng und
der Winter trug sicher seinen rostigen Teil dazu bei.
In der Kirche lag noch der Duft von Feierlichkeit.
Weihrauch und Tannenduft. Der Tanne, der dieser
entströmte, war bis auf ein paar wenige Nadeln, nackt.
Kleid und Schmuck auf dem Boden abgelegt. Ich fragte
Sue-Ann wonach sie suchte. „Ich suche nichts, ich
möchte etwas zurückbringen." Sie griff in ihre Schürze
und holte ein kleines, bemaltes Schaf hervor. „Es machte
nur Ärger. Vielleicht wollte es zurück zu seiner Herde.
Ich glaube es lächelt. Schau…Oh…wir sind nicht allein."
Ich fragte sie, was sie damit meint. „Sie sind hier, komm
lass uns nach draußen gehen. Schließt du bitte ab?
Ich leg den Schlüssel wieder zurück." Als sie wieder
unter der Treppe hervorkam, deutete sie neben den
umgestürzten Holzstapel. „Hier sind viele. So viele,
die ich kenne und noch mehr die ich nicht kenne. Da ist
Rita. Dort Mary, Sarah, Elly und Rose und auf dem Pferd
Nathaniel." Ich fragte sie auch diesmal ob Christopher
unter ihnen sei, sie verneinte. Sie winkte an jene Stellen,
die für mich mit zerstörtem Alltag gefüllt waren.
Vorsichtig tat ich es Sue-Ann gleich. Ich musste ihr
glauben. „Ich hoffe er ist mir nicht böse. Na, Mr. Landon.
Ich hab sein Geschenk weiterverschenkt. Darf man
Geschenke weiter verschenken. Wenn man das Gefühl
hat, ein anderer könnte es besser gebrauchen? Ja?

Ich gab Olivia das Taschenmesser, was Mr. Landon mir schenkte. Ich hoffe sie braucht es nicht, aber wenn, dann hat sie eins." Als wir an das Tor klopften und uns die Wache öffnete, stand dort Josephine. Noch ehe ich reagieren konnte, schlug sie mir auf die Wange und Fäuste hagelten auf meine Brust. Sue-Ann wollte sich zwischen uns schieben, doch sie wurde aus der Enge der Gefühle hinausgedrängt und fiel in eine Pfütze. Die Wache half ihr auf und griff Josephines Hände und zog sie von mir. „Geh doch zu deiner N* Freundin. Sie pflückt jetzt Baumwolle bei ihrer Familie. Dass du dich überhaupt hier her traust. Ich könnte dich, ich könnte dich…." Ihr Schrei schreckte die Vögel aus dem nahen Wald und ließ Sue-Ann erzittern. „Es tut mir Leid, Schatz, es tut mir Leid, komm jetzt, du bist ganz nass, es ist kalt, viel zu kalt für April. Komm…Komm…"
Sie zog Sue-Ann mit sich. Sue-Ann drehte sich noch einmal um und winkte, so wie sie es vorhin bei den Geistern tat. Ich fühlte mich in dem Moment auch wie einer von ihnen. Etwas erhöht, die Szene beobachtend, stand der General. Er hatte ein Gewehr bei sich.
Als beide bei ihm angekommen waren, gingen sie den Bachlauf hinauf. „Sie hatten Glück, dass der General nicht persönlich hier war und ich darf ihnen aber ausrichten, dass von jetzt ab für sie der Zutritt hier verboten ist, andernfalls müsste ich Gewalt anwenden und…es ist ein Befehl, an sie, an mich.

Ich-bleiben,
auch in jenen Zeiten,
die zu leise sind für ein Du.
Aus dem Nest steigen,
Flügel zeigen,
auch wenn ein Sturm,
verzeih mir,
wenn ich euch nicht weckte.
Ihr ward so friedlich,
doch die Angst ganz meine.

Kapitel 6 - In der Fremde

Morgen, würde ich mit der ersten Kutsche Richtung
Süden aufbrechen, dies war einer meiner vielen, letzten
Gedanken, die mich in die Nacht hinein begleiteten ohne
einen Schlaf zu provozieren. Ich vermutete noch eine
Reaktion, einen grellen Pfiff, der Wachen mobilisierte
die mich aus der Wohnung holen würden. Diese Furcht
schlief ab jetzt mit mir im Bett, breit, massig, mit kalten
Füßen. Die sich immer zu mir drehte und mir ins Gesicht
atmete oder Töne von sich gab, die mich aufschrecken
ließen. Gebete konnten sie nicht von mir lösen, vielleicht
ein wenig den Kopf zur Seite drehen, damit das Gefühl
der Nähe nicht so erdrückend war. Olivia erzählte oft
von ihren Eltern, Onkeln und Tanten die auf den
Baumwollfeldern schufteten, auch sie wuchs dort auf
und tat all dies, bis sie der General von den Feldern
holte, es war ein Tausch. Der Freund des Generals
benötigte neue Pferde, er brachte sie von den Sioux,
die diese nun nicht mehr benötigten, für zwei Pferde
bekam er Olivia, sie war 14. Anfangs bekam sie noch
Hilfe, seine Frau Therese, bildete sie aus, dann zogen sie
in die Villa und von da an, war Olivia für alles
verantwortlich. Auch für manch schlaflose Nacht
des Generals.

Mein Mund ist trocken,
er fraß zu viel an Stille,
verhalten noch das volle Wort,
in der Fremde,
wo ich zugegen
und jene, die schon vor mir,
Vertrautes suchten.
Was wir fanden…
Heimat oder Flucht.

Bevor ich losfuhr, ging ich noch mal in den Saloon, dort
traf ich dann auch auf den Jäger. „Ich war da, meinen sie
Regen ist mir fremd und sei ein Hindernis? Die Toten,
fragen nicht danach, auch die Kirche nicht. Auftrag ist
Auftrag, ich hoffe mein Kommen wird bezahlt? Ich soll
schon mal beginnen? Alleine? Nun, das kostet das
Doppelte, denn abgemacht, war die Arbeit zu zweit,
nun habe ich das doppelte an Arbeit, wenn sie wieder
da sind, ist auch die Bezahlung wieder normal.
Ich beginne gleich nach dem Frühstück.“
Zu den Rühreiern mit Speck trank er ein Bier,
der Geruch war mir noch zu deftig für die frühe
Stunde. Der ältere Mann saß schon vor der Bühne,
keines der Mädchen war zugegen, auch das Klavier
schwieg, irgendwo zwischen seinen Walzen,
war ein Traum, den ich nicht errate, der in einer der
gestanzten Melodien Zuflucht findet,
wenn die Walzen Musik mahlen.

Ich wollte mir noch etwas Reiseproviant beim benachbarten Metzger besorgen. Als ich die Türe öffnete, begegnete ich Josephine, Sue-Ann riss sich los und stürzte zu mir. „Ich muss dir was sagen, komm näher, ich hab heute Nacht Olivia gesehen. Sie war unten im Garten, sie winkte mir zu." „Sue-Ann, komm. Pedro, ich, vielleicht sollten wir einmal in Ruhe reden, ich meine, wir werden uns jetzt öfter über den Weg laufen und deine Wange, ist jetzt noch ganz rot und…ich darf nicht all zu oft meine Fassung verlieren, sonst meinen die Leute noch, ich wäre…verrückt. Immerhin, bin ich Lehrerin und solange das Reservat, das Reservat… schläft, bin ich an der Dorfschule. Vielleicht hast du die nächsten Tage Zeit, an unserem Platz am Teich, nur wir zwei, dann…." Ich verließ den Laden ohne ein Wort zurückzulassen. Sue-Ann hatte Olivia gesehen, das bedeutet, sie ist tot. Ein Geist unter vielen und…ich musste sicher sein, vielleicht hat sie sich auch geirrt. Als die beiden aus dem Laden kamen, sprach ich Sue-Ann noch mal an, ob sie wirklich ganz sicher sei. „Ja, ganz sicher. Warum sollte ich lügen?" „Was tuschelt ihr beiden denn da, darf ich es auch erfahren?" Wir beide verneinten, ich bedankte mich und lief hinunter zum Wald. Dort setzte der Jäger, gerade seinen ersten Spatenstich. „Ja, lasst uns die Toten begraben. Mir ist es nur Recht. Weniger Geld zwar, aber immerhin etwas Unterhaltung an diesem furchtbaren Ort. Man erzählt sich schon die unheimlichsten Dinge. Glauben sie mir, ich kann vieles ab und ich hab schon vieles gesehen, doch das hier, das war Unrecht und dies mit unfairen Mitteln.

Die konnten sich nicht einmal wehren. Feige ist so was."
Ich fragte ihn, ob es denn ein fairer Kampf sei, wenn er
mit dem Gewehr auf die Tiere ziele. Er lachte nur.
„Sie haben halt so gar keine Ahnung, gehen sie in die
Kirche und hören sie sich die Verfehlungen der
Menschen an, alles Tiere, ach nicht mal Tiere. Hier ging
es nicht ums Überleben, der General würde mir widersprechen, Auslese. Hätte ich die Waffe nicht, wäre ich
in den Bergen und den Wäldern, schon lange ein toter
Mann, mit Gewehr ist es ein Kräfteausgleich, ich komme
meinem Tod nur zuvor."
Die Erde feucht und schwer. Die Toten zumeist
unkenntlich, aller Identität beraubt. Was nicht vom Feuer
angenagt, übernahmen wilde Tiere. Ein Körper fiel mir
auf, eine Hand war zur Faust gewölbt, ich versuchte sie
zu öffnen, es bedurfte keiner großen Kraft, die Finger
waren wie morsches Holz und gaben einen bemalten
Stein frei. Jeder in dem Stamm besaß einen.
Ich erkannte diesen sofort, denn er trug seinen
Namen, bildhaft dargestellt. Ich versuchte George aus
den anderen Toten herauszulösen, doch er war mit ihnen
verschmolzen und verhakt. Ich weiß bis heute nicht,
wer das Oberhaupt dieses Stammes war, doch in meiner
Vorstellung, kam George dieser Rolle sehr nahe.
Wir gruben bis zu den Abendstunden, machten oft
Pausen, tranken und gingen etwas außerhalb,
denn der Geruch war, wie der Anblick oft unerträglich.
Es würde noch Tage benötigen, bis alle ein Bett unter
der Erde fanden. Wir verabredeten uns bei
anbrechender Dunkelheit für morgen Mittag,

wenn die Sonne am höchsten stand, damit sie uns durch
dieses Dunkel leuchtete und die Erde etwas lockerte,
es war noch Winter in ihr, ewiger Winter und er würde
bleiben.

Kapitel 7 - Das ist, was die Sterne singen

Ich wusch mich lange in dem eiskalten Bach, der all meine Aufmerksamkeit zurückforderte, die ich dort im Wald ließ. Und doch schien sich der Geruch der Verwesung an mir festzuhalten, es sollte nicht vergessen werden, wenn ich dies nun also meinem Tagebuch anvertraue, dann deshalb, damit es nicht vergessen wird, wenn ich schon lange tot bin und verdrängt. So schreibe ich diese Zeilen auch nicht wie eine Notiz, sondern so, dass es lesbar bleibt, bitte streicht jene Dinge, die nicht von belang. Es sind erst ein paar Tage, die ich hier bin und doch tragen jene schon das Gewicht der Jahre die mir noch bleiben werden.
Morgen ist Sonntag.
Ich würde dort Menschen sehen die ich vermeiden möchte, die ich mit einem Lächeln zurückließ.
Und Olivia…Olivia.

Zustimmung,
das ist, was die Sterne singen,
und der Gedanke,
dass all dies nur ein Echo vergangener Tage,
die Splitter sind in weicher Haut,
weil man zu eilig Holz ins Feuer warf,
die Furcht vor der blauen Flamm',
die Furcht vor der blauen Flamm'.

Zwei Ministranten ließen sich an den Glockenseilen
hinaufziehen, während die Orgel auf Ostern
vorbereitete. Die Karwoche begann. Zweige und Palm-
wedel winkten dem Priester zu, als er mit erhobenem
Evangeliar feierlich in die Kirche einzog. In den ersten
Reihen die Dorfhöchsten, Sue-Ann hatte mich entdeckt
und rannte auf mich zu, noch ehe Josephine sie fassen
konnte. Sie nahm mich an der Hand und zog mich mit
nach vorne. Viele waren erstaunt mich wieder zu sehen,
noch stand ich unter dem Schutz der Messe, sie mussten
schweigen. Ich wusste um die Abläufe, die Lesungen,
die Bewegungen, die Zeichen und ihre Bedeutung.
Ich hoffte Pastor Wilson würde mich diesmal mit seiner
Predigt überraschen. Es war dieselbe, wie in den letzten
Jahren. Die Dinge sollten bleiben wie sie sind,
nichts hinzukommen, nichts wegfallen. Ich saß neben
Josephine und Sue-Ann, mein Stuhl grenzte an den
Gang, das Heiligste noch offen vor mir, ehe es verhüllt.
Christopher kam zur Fastenzeit, ich tat es ihm gleich
und doch sind wir beide übervoll mit den
Geschehnissen, die man nicht mehr weghungern,
nur mehr der Erlösung darreichen konnte. Für einen
Augenblick spürte ich Josephines Hand meinen
Oberschenkel streifen, wohl unabsichtlich. Sie konnte
nicht ahnen, was dies in mir auslöste.
Mein Beichtvater wusste von der Zeit hier, er ermahnte
mich, eine Entscheidung zu treffen. Liebe ist vielfältig.
Ich hatte mich für Eine entschieden, die viele Menschen
nicht nachvollziehen oder leben konnten. Christopher
und ich sprachen auf unseren Spaziergängen oft über

unsere Entscheidungen, ich erzählte ihm nichts von
Josephine, nichts von Olivia, nichts von Sue-Ann.
Zu viele Frauen für einen Mann mit Gelübde. Ich bin mir
sicher, er hätte mich verstanden. Er haderte, kämpfte,
wollte unbedingt, die Zeit der Entscheidung, die Zeit
bis zur Weihe kam ihm unendlich lange vor und doch,
manchmal kann sie nicht lange genug sein. Und was
bedeutet schon der Wille….Dein Wille geschehe!

Nach der Messe gab es viele Fragen, viele Gerüchte,
viel Händeschütteln. „Na, wenn das keine Überraschung
ist, Herr Kollege! Willkommen zurück! Das mit
Mr. Landon ist uns allen noch unbegreiflich und das mit
den roten Männern, eine Tragödie für unser Dorf!
Man hält sich an Flüchen und nicht an Frömmigkeiten.
Kommen sie doch mal vorbei, an Ostern kann ich ihre
Hilfe gebrauchen, professionelle Hilfe, sie verstehen was
ich meine, auch katholische Hände, sind geweihte
Hände. Ich nehme es da nicht so genau wie ihre Kirche.
Ah, General Meyer, einen gesegneten Sonntag, ihnen
und ihrer Frau. Sie ist heute gar nicht anwesend?
Geht's ihr nicht so…ah, verstehe, Olivia ist ja nicht mehr
bei ihnen, jetzt muss sie den Sonntagsbraten, traurige
Sache in der Tat. Nun, dann möchte ich sie nicht
aufhalten, grüßen sie mir ihre Gemahlin und da wird
sich bestimmt bald Ersatz finden, der Kollege hier, hat
bestimmt noch Kapazitäten, ha!" Pastor Wilson klopfte
mir auf die Schulter und verabschiedete den Rest der
hinausströmenden Gemeinde. „Sie haben Mumm, dass
muss man ihnen lassen! Heute hier aufzutauchen, sich
dann noch in meine Reihe auf den Platz meiner Frau

zu setzen…" „Opa, ich hab…" „Ruhe jetzt Kind!
Geht ihr doch schon mal vor. Ich werde noch ein paar
Worte mit…Pater…Pedro wechseln! Nun, gehen wir ein
paar Schritte. Ich kann mir vorstellen weshalb sie hier
sind, es war bestimmt nicht ihr Wille, was mit ihrem
Mitbruder geschehen ist, kann ich ihnen nicht sagen,
ich würde ihnen aber raten, nicht nach ihm zu suchen.
Vertrauen sie mir, er wird nicht wieder kommen und
dort wo er ist, dort geht es ihm gut. Nein ich weiß nicht
mehr, aber vertrauen sie dem Instinkt eines Jägers, was
sind wir Soldaten denn anderes? Ich mache ihnen ein
Angebot, dass sie nicht ausschlagen können. Denken
sie gerne darüber nach, ich gebe ihnen 3 Tage. Sie legen
ihren ähm Kittel ab und heiraten meine Tochter und
bekennen sich zu ihrem Kind. Sie müssen nicht ihre
Kirche verlassen, gehen sie zu der von Pastor Wilson,
die mag Frauen und Kinder. Dann können sie ihre
Berufung weiterleben und sich gleichzeitig ihrer
Verantwortung stellen. Sie wissen nicht, was sie hier
losgetreten haben die letzten Jahre, ich musste für sie
lügen, Josephine musste für sie lügen und meine Frau
und verkaufen sie die Menschen hier nicht für blöd.
Die wissen doch schon lange was Sache ist. Machen sie
es öffentlich, man wird ihnen verzeihen, oh doch
glauben sie mir, man wird! Ob sie eine Wahl haben?
Sie haben Zeit eine Wahl zu treffen. 3 Tage.
Einen schönen Sonntag noch, Pater Pedro."

Kapitel 8 - Im Wolfe nicht die Jagd

Der Wind wird zarter, beschreibt mit geschlossenen
Augen, was er sieht, was er fühlt. Wir sollten die Toten
begraben, damit sie Ostern mit auferstehen. John der
Jäger, schöpfte die nun nicht mehr ganz so nasse Erde
aus der Tiefe. „Da sind sie ja, Freund. Haben sie etwas
zum Essen mit? Ja? Sehr gut. Da gräbt es sich doch gleich
ganz anders. Glauben sie mir, heute noch und morgen
und es sehen nur noch die, die es wissen. Die Angst vor
dem Fluch wird bleiben. So entstehen Legenden, sie
wissen es besser, ich weiß es…doch uns wird man nicht
glauben." Es wehte ein warmer Wind, der erste Flug-
insekten brachte, wir mussten uns beeilen, ehe sie uns
fanden und bevölkerten, was ein Arbeiten erschweren
würde. Plötzlich hörte ich eine Kinderstimme. Sue-Ann
lief auf mich zu. Ich lief ihr entgegen. „Was macht ihr
hier. Ma und ich sind in der Kirche, putzen und bauen
Weihnachten zurück in die Körbe. Sie meinte, ich solle
nicht mit, aber ich wollte und was ich will…ich hörte
deine Stimme und…" „Sue-Ann! Was…oh….Pater Pedro
was macht ihr hier." „Ah Ms. Meyer, guten Tag!
Ich glaube dies ist kein guter Ort für Frau und Kind,
eigentlich für niemanden." „Trapper John. Schön sie zu
sehen. Sie haben Recht, hörst du Sue-Ann, es ist jetzt
besser zu gehen." „Und vergessen sie nicht die Wölfe,
die sind ganz ausgehungert vom Winter, es reicht schon,
dass wir uns hier in Gefahr begeben." „Was macht ihr
denn da? Ich hasse Wölfe. Oh, ich verstehe…" Sue-Ann
verstummte als sie auf etwas blickte, was wir nicht

sahen und doch spürten. „Komm Ma, lass uns gehen,
bitte." „Lauf schon mal vor, die Wache lässt dich rein…
Pedro, was macht ihr hier…es stinkt ganz widerlich, es
ist nicht eure Aufgabe, es sollte eigentlich die Armee…
aber die ist noch anderswo beschäftigt…" „Ma'm bei
allem Respekt, so lange können wir nicht warten, bis
irgendwann, irgendjemand kommt. Ich habe
Verantwortung für das Dorf, der Bürgermeister
kümmert sich genau bis dorthin, wo sie jetzt stehen,
der Rest fällt unter meine Verantwortung und dort stehe
ich und mache meine Arbeit, ehe es noch mehr wilde
Tiere zieht. Ich bin Pater Pedro sehr dankbar, dass er
mir seine gesegnete Hand zur Hilfe reicht. Bitte bleiben
sie im Reservat, dies ist ein Ort, der nicht mehr betreten
werden sollte, aus Respekt und und…jetzt gehen mir die
Worte aus…zur eigenen Sicherheit, danke Pater Pedro…
ein Winter sollte noch mal darüber wachen, dann glaub
ich, kann ich den Wald wieder frei geben. Schönen Tag
noch Ms. Meyer!" Ich war überrascht über des Jägers
Wortgewandtheit, vorallem hatte er den Tag schon
mit Schnaps begonnen, auch wenn ich die Geschichte,
anders erzählt hätte, war ich dankbar, denn so stand
diese Arbeit hier unter seiner Verantwortung und gab
Josephines Vater wenig Anlass zu Groll und Beschwerde.
Als sich die Sonne hinter die Tannen schob wurden die
Insekten lästiger und wir beschlossen unsere Arbeit für
heute zu beenden. Die Flasche Schnaps hatte auch ihren
Abnehmer gefunden, dennoch ging John Schnurgerade
den Hügel hinauf, ich blieb noch ein paar Minuten.
Verabschiedete mich von jenen, die wir heute unter die

Erde brachten und sprach noch einen Segen. Ich würden
in den nächsten Tagen Kreuze bauen, doch ich haderte
mit dem Gedanken, ob dies im Sinne der Toten wäre.
In dem Moment sah ich wieder das Kind auf den Pfosten
des Reservats balancieren. Ich ging näher und jetzt
konnte ich Eagle erkennen. Als ich ihn ansprach, schien
er nicht überrascht. „Pater Pedro, ich hatte sie erwartet,
ich soll ihnen eine Nachricht überbringen, Mr. Landon
geht es gut, sie sollen sich nicht sorgen." Als ich ihn
fragen wollte, wo und was und überhaupt…war er aus
meinem Sichtfeld balanciert und von diesem Tage an,
sah ich ihn nicht wieder. Ich wusste nicht ob ich nun
auch schon Geister sehe oder ob es wirklich Eagle war,
doch seine Nachricht brachte Trost, Trost und Tränen.

Im Wolfe nicht die Jagd,
nur ein langer Winter,
der sich sorgte,
über jene die blieben.

Der Tag begann mit einem lauen Wind und er endete in
einem lauen Sturm, der nicht lange an den Zweigen und
Läden rüttelte, aber er nahm den Schlaf mit sich, ließ
mich zurück in begonnenen Träumen. Er raubte wohl
auch den letzten Schnee und bedeckte vielleicht schon
einige unserer Spatenstiche mit den Anfängen eines
Vergessens, das dem Auge Wohl, aber nicht bis ins Herze
reicht. Ich denke, heute werden wir die letzten Opfer
zur Ruhe betten. Manche Gedanken möchte ich nicht
zu Ende denken, manches Gefühl nicht durchleben und
doch, wie sonst könnte ich sagen: ich verstehe.

Nichts verstehe ich, nichts. Die Geschichte und ihr
Eigensinn sind lehrreiche Mahnung, doch wenn wir
nicht verstehen, bleibt es Kreis, tief durchlittener Kreis.

Kapitel 9 - Wenn da kein Hunger

Krähen wirbelten über die Wälder, ehe sie Felder für
ihren Hunger wählten. Christopher war am Leben,
Olivia musste ihres lassen. Und doch konnte ich nur
glauben, Beweis war nur das Wort und das Vertrauen in
die Person die es sprach. Beide Male Kinder, die erst die
Lüge als Möglichkeit für sich entdecken. Vertrauen und
glauben sind mein Beruf und ich wollte mich nicht in
Frage stellen, so tat ich es, wie ich es immer tat,
nie ohne Zweifel.
Auf halbem Wege zu John, bemerkte ich das Fehlen
meines Versprechens. Der Schnaps. So ging ich zurück
in das Dorf und besorgte einen. Die Auswahl war nicht
groß, das Meiste selbstgebrannt und mit
handgeschriebenem Etikett. Gerade als ich über den
Hügel schritt, kam mir Sue-Ann entgegengelaufen.
Josephine eilte aus dem Reservat. „Pater Pedro,
bitte…Hilfe…" Dann stürzte sie zu Boden. Josephine
und ich waren gleichzeitig bei ihr. „Schatz,
was ist passiert, sag doch…"
„Im Wald…Wölfe…." Ich lief zu der Wache und bat
sie mir in den Wald zu folgen. Zögerlich, aber doch die
Dringlichkeit der Situation erkennend, folgte sie mir.
Dort wo wir zuletzt gruben, lag John. Aus seinem Hals
sprudelte Blut. Ich versuchte es irgendwie zu stillen,
John röchelte und blickte mit aufgerissenen Augen an
mir vorbei, versuchte sich in einer letzten Erklärung und
nahm diese mit sich. Wir kamen zu spät. Sue-Ann lag
auf den Stufen zum Altar, Josephine versuchte sie zu

beruhigen und tupfte ihr Blut von Gesicht und Arme,
es war nicht das Ihre. Ihr Kleid war an der Schulter
eingerissen. „Es waren die Wölfe. Sie bissen den Jäger in
den Hals und und….“ „Schon gut du tapfere Maus.
Was machst du denn auch dort. Ich hab dir doch
verboten in den Wald zu gehen…“ „Ich wollte zu Pater
Pedro und…“ „Und die Wache hat mal wieder
geschlafen! Haben sie das Kind nicht bemerkt?
Herr Gott! Wir müssen das melden, Wölfe, wir haben
den ersten Toten dieses Jahr, ausgerechnet den Jäger.
Pedro, geh bitte zu meinem Vater und bitte ihn um Hilfe.
Er weiß was zu tun ist…Ich…“ In dem Moment nahm
ich Josephine in den Arm. Es war ein Reflex, einer,
der eine tiefe Erwiderung erfuhr. „Pass auf dich auf,
vielleicht sind da noch Wölfe,
vielleicht hat die Wache noch einen Revolver.“

Der Revolver wog schwer in meiner Hand, ich hatte
noch nie einen benutzt und ich hatte nicht die Absicht es
je zu tun. Mein Anblick hatte Therese die Beine
weggezogen, blutverschmiert und mit einem Revolver
in der Hand, in diesem Moment ahnt man nichts Gutes.
General Meyer hörte wohl den dumpfen Sturz seiner
Frau. Er griff sogleich zu seinem Revolver. „Junge, leg
die Waffe weg. Ich zögere nicht und glaub mir, ehe du
die Waffe entsichert hast, hast du eine Kugel zwischen
deinen Augen. Pater hin, Pater her.“ Ich schob ihm die
Waffe zu und erklärte ihm die Situation während wir
seine Frau wieder auf die Beine halfen. „Meine Güte.
Wölfe und ein Toter. Nehmen sie ihre Waffe wieder.

Therese, sperr die Türen ab. Was das arme Mädchen
alles durchmachen muss. Sie sagen,
sie sei unverletzt? Gut. Ich brauche Verstärkung.
Gehen sie zurück zu Josie", es war das erste Mal,
dass er sie so nannte, „und passen sie auf sie auf.
Therese pack schnell was zum Essen in den Korb und
zu trinken, am besten ein paar Kekse. Ich komme später,
schließen sie das Tor und bleiben sie in der Kirche,
da sind sie sicher.." Er eilte hinaus und ließ sein Pferd
aufsatteln. Ich rannte zurück mit Revolver und einem
eilig zusammengestellten Fresskorb. Kaum war ich im
Reservat und das Tor hinter mir geschlossen, hörte ich
den Ruf eines Wolfes.
Sue-Ann knabberte verhalten an einem Keks, auch uns
war der Hunger ein fernes Gefühl. Die Wölfe scharrten
sich nun bestimmt um Trapper John. Wir hatten kaum
Zeit für einen Abschied oder ihn aus dem Wald zu
ziehen. Was die Wölfe von ihm übrig ließen, das war das
Unsere. „Wird der Jäger jetzt aufgefressen?"
„Ich weiß es nicht, aber die Wölfe werden nachsehen…"
Plötzlich fiel ein Schuss. Dann noch einer und dann
folgten viele. Unter die Schüsse mischte sich ein Gejaule
und Gewinsel. Josephine hielt Sue-Ann die Ohren zu.
Es dauerte nicht lange, dann lag alles in der
Anfangsstille und das Tor öffnete sich. Der General kam
mit einigen Soldaten in das Reservat. „Kommt jetzt,
wir gehen. Schnell, bevor die Wölfe ihre Opfer wittern.
Ab heute und das gilt vor allem für sie Pater Pedro:
Waldverbot! Und das meine ich so, wie ich es sage.
Wenn es nicht der Wolf ist, der sie frisst, dann ist es die

Wache, die auf sie schießt. Haben wir uns? Ja? Gut.
Dann Abmarsch. Vergesst nichts! So schnell werden
wir hier nicht mehr zurückkehren."
Die Soldaten geleiteten uns bis zur Villa des Generals.
Er bot mir an, die Nacht über hier zu bleiben, es wäre zu
unsicher heute. Die Soldaten würden sich an den
Dorfzugängen positionieren. Den Trapper zog man ins
Reservat. Ich könne ihn dann morgen dort für ein
Begräbnis bereiten. Man gab mir den Schlüssel für
Olivias Zimmer, ich zögerte, ich zögerte auch dann noch,
als ich im Bett lag, gewaschen und gesättigt.
Ich durfte nicht hier sein. Nicht. Hier.

Wenn da kein Hunger,
so ist es Durst,
der sich an Wege erinnert,
die leidenschaftlich sind,
je länger wir irren,
je länger wir sehnen.

Kapitel 10 - Lass mich Bruder sein

Es roch noch nach ihr. Auf dem Kissen noch ein,
zwei Haare. Man hatte das Bett noch nicht frisch
bezogen, der Schrank und die Schubladen waren leer.
Die Seife auf der Waschschüssel, trug noch den
getrockneten Schaum, der durch ihre Hände floss.
Eine Übelkeit war zugegen, das Gefühlte lag schwerer
als das Gegessene. Ich blätterte durch vergilbte
Erinnerungen und wünschte es wäre schon vergessen,
damit es nicht mehr bis ins Herz rührte. Dann klopfte es
an die Tür, zaghaft und beinahe flüchtig, als wäre es ein
falsch gedeutetes Geräusch in der Fremde.
In der Wiederholung liegt Gewissheit, ich öffnete und
Josephine stand dort. „Darf ich noch für einen
Moment…Sue-Ann schläft jetzt. Endlich. Ich muss auch
gleich zu ihr zurück. Das wird sie noch einige Zeit
beschäftigen. Welch ein grausames Ende für den Jäger
und sie musste alles mit ansehen. Schrecklich.“
Wir setzten uns auf das Bett, sie nahm meine Hand.
Ihre Hand zitterte und war kalt. „Kann ich mich ein
wenig zu dir legen. Mir ist kalt und…es ist schön,
dass du wieder da bist.“ Sie legte sich unter die Decke
und zog mich zu sich. Es duftete nach Olivia, doch die
Frau die bei mir lag war eine Andere. Mich überkam
eine bleischwere Müdigkeit Die Kerze flackerte unter
unser beider Atem, doch sie wagte nicht zu tanzen.
Als ich später aus einem Traum schreckte, lag ich wieder
alleine in dem Bett und ich wünschte mir einen bösen
Traum, als Begründung für jenes Gefühl das sich um
mein Herz schlängelte.

Lass mich Bruder sein,
Liebender nur im Spiel,
unter dem Apfelbaume,
der mit reifen Früchten wirft.
Lass mich Bruder sein,
der dir Beschützer ist,
wenn man dich bedrängt
und tröstend Wort,
wenn dein Geliebter dich verlässt.
Lass mich Bruder sein,
weil da keine Eltern mehr sind,
die dich behüten,
weil du Tochter und nicht mehr Kind.

Am Frühstückstisch wurden die Pläne für den Tag besprochen. Sue-Ann lag wohl noch im Bett.
Josephine lächelte immer wieder, zaghaft in meine Richtung. Das Zaghafte blieb nicht unbemerkt und wurde als willkommenes Zeichen gedeutet.
„Da wir nun in dieser Runde sitzen, womit wohl die Wenigsten von uns gerechnet hätten, ich am aller wenigsten, das muss ich zugeben.
Möchte ich die Gunst der Stunde nutzen,
vor allem wenn mal kein Kind zugegen ist, meinen Dank, meine Bedenken, meinem Ärger aber auch meiner Zuversicht Ausdruck verleihen. Pater, es ist schön, sie hier wieder als Gast begrüßen zu dürfen, noch viel mehr, wäre es wohl unser aller Anliegen, sie nicht nur als Gast, sondern auch als Familienmitglied begrüßen

zu dürfen. Was die Damen hier am Tisch wohl nicht
wissen, wir beide hatten vor ein paar Tagen schon ein
Gespräch und ich bat um eine Entscheidung und ich
denke, dies wäre nun der richtige Zeitpunkt sie kund zu
tun. Im Anbetracht all der Geschehnisse, der letzten Tage
und Wochen, ja Monate, wäre es in unserer aller Sinn,
dass wieder Stabilität einkehrt. Ich weiß, sie müssen
noch ein Gespräch mit Pastor Wilson führen, glauben sie
mir, wo ein Wille ist, ist der Rest reine Formalität."
In diesem Moment kam Sue-Ann, „ihr habt ja schon
ohne mich angefangen! Hab ich was verpasst?"
Der General setzte sich wieder, ich nutzte den Moment
um mich zu verabschieden. Der Pastor und ein
Toter, waren Grund genug, auch wenn ich eine Antwort
Schuldig blieb, eine Antwort die schon gegeben,
ehe sie ausgesprochen wurde.

Der Pastor war überrascht mich so früh am Morgen
zu sehen, er wollte mich auf dem Weg ins Reservat
begleiten, auf dem Weg könnten wir alles bereden,
der General hatte wohl schon etwas angedeutet,
so war ihm mein Anliegen nicht fremd. „So, so ein
Konfessionswechsel, nun, wir beide sind Christen,
darin liegt nicht das Problem. Rom ist das Problem und
ich alleine kann da auf die Schnelle nichts entscheiden.
Da es aber um den Dorffrieden geht und wohl auch um
einen gewissen, wie soll ich es ausdrücken, Ruf,
so können wir da durchaus Wege finden, die den
offiziellen Weg quasi vorauseilen, ohne ihn zu umgehen.
Sie wissen ja, die Mühlen…es wäre mir natürlich eine

Freude eine rechte Hand in meiner Gemeinde begrüßen zu können, eine Geweihte ist nun mal eine geweihte Hand, ich muss aber sicher gehen, dass dies alles aus freien Beweggründen geschieht und sie nicht zu dieser Entscheidung gezwungen wurden. Deshalb und dies ist etwas, was ich stets bei Glaubensentscheidungen als verpflichtende Vorraussetzung voranstelle: schlafen sie eine Nacht darüber oder auch zwei, gerade jetzt nach unserem Gespräch! Ich bin mir im Klaren, dass ihrer Entscheidung schon ein Ringen und ganz viele Gedanken vorausgingen, doch berücksichtigen sie auch die Meinen. Reden wir morgen noch einmal und für den Fall der Fälle, habe ich auch Papier und Feder dabei. Nun, bevor wir weiter Richtung Himmel streben, lassen sie uns erst den Toten unter die Erde bringen, der uns schon einige Schritte voraus ist." Ein Soldat begleitete uns und ließ erst am Tor des Reservats von uns ab, dort wartete er bei der Wache, die sich über Gesellschaft freute.

Der Jäger lag nahe des Zeltes. Man hatte ihn in eine Decke gewickelt, auf ihr saßen einige Krähen und versuchten durch den grauen Stoff zu picken. Wir trugen ihn in eines der Häuser, dessen Tür offen stand und gaben ihm dem letzten Segen. Später würde eine Kutsche kommen und ihn abholen, damit man ihn ordentlich auf dem Dorffriedhof bestatten konnte.

„Möge er seinen Seelenfrieden finden. Er hatte sich zeitlebens für ein Gleichgewicht von Mensch und Natur eingesetzt und wurde letztlich Opfer seines Bemühens. Die Wunde an seinem Hals scheint mir seltsam, sehen sie, sie wirkt eher wie ein Schnitt, als ein Biss.

Die Bisswunden am Rücken sind eindeutig. Ich bin kein
Arzt und ein Urteil steht mir nicht zu. Der Bestatter wird
sich keine große Mühe mehr geben, Verwandtschaft und
Familie hat er keine, zumindest nicht hier im Dorf, somit
wird man ihn nicht mehr offen aufbahren, bei den Verletzungen wäre es auch nicht zumutbar. Ich glaube unsere
Arbeit ist getan. Soll ich sie noch einen Moment alleine
mit ihm lassen? Nein? Gut, stellen sie noch die Kerze vor
die Tür, damit der Bestatter weiß, wo er ihn findet."
Ich ging zurück zu Edna und Louis. Sie machten sich
wahrscheinlich schon Sorgen, hörten von einem Toten,
sahen die Soldaten und ich komme nicht nach Hause.
So war es dann auch, als ich die Türe öffnete, erwartete
mich eine herzwarme Umarmung, die eine
Wutgewandete Sorge verdrängte. „Noch einen Toten
in diesem Haus, hätte ich nicht ertragen. Louis und ich
essen gerade, wollen sie sich zu uns setzen? Nein?
Zum Abendessen? Wir freuen uns auf sie, sie haben
bestimmt viel zu erzählen. Hier überschlagen sich
die Gerüchte."
Ehe ich auf mein Zimmer ging, wusch ich mich im
Garten, zu viel Tot haftete an mir. Ich rieb, bis meine
Haut Himbeerröte annahm. Olivias Duft wich dem
Geruch von Verwesung. Für einen Moment dachte ich,
da wäre ein Wolf der durch den Garten schlich.
Doch kein Hund schlug an. Vielleicht ein Fuchs,
vielleicht auch nur eine Echo meiner Ängste.

Kapitel 11 - Damit es Liebe bleibt

Gründonnerstag. Die Nacht noch Traumauge.
Pastor Wilson lud mich zur Messe, nachher sollte ich
ihm meine Entscheidung mitteilen. Wohin sollte ich,
hin zur Liebe, kein anderer Weg, nur dieser.
Die Kleidung der letzten Tage trocknete noch auf Leinen,
fing sich im Wind und in der Morgensonne, die mild
lächelte. Der Geruch der Vergänglichkeit ließ sich nicht
mit Wasser entfernen, wohl aber dessen blutige Spuren.
Ich wählte einen einfachen Anzug, nur ein Hemd fehlte.
In Christophers Koffer meinte ich eines gesehen zu
haben. Die wenigen Dinge die er bei sich hatte, waren so
ganz er und der Gedanke mir sein Hemd zu borgen,
war befremdlich obwohl wir uns sehr nahe standen.
Die Ärmel waren etwas zu kurz, doch es passte,
zumindest für die kommenden Stunden, bis meine
eigenen Hemden wieder bewohnbar waren. In der Brust-
tasche bemerkte ich einen kleinen Zettel, in dem etwas
eingewickelt war. Die Neugier war größer als der
Anstand und ich befreite seinen Inhalt von dem Papier,
wie eine Süßigkeit.
Darin eingewickelt: ein bemalter Stein. Eine rote Feder
und auf der Rückseite eine Krähe. Die Farbe der Krähe
war noch frisch, als der Stein ins Papier gewickelt
wurde, da sich die Farbe und Teile des Motivs auch auf
dem Papier befanden. Ich steckte ihn zurück,
spürte ihn an meinem Herzen, er würde mich an
Christopher erinnern.

Die Kirche war nur zur Hälfte gefüllt, man konnte es
den Menschen nicht verdenken. Sie hatten Angst und
die Verunsicherung war groß. An Ostern würden wieder
mehr Menschen in die Kirche drängen. In Anbetracht auf
Pastor Wilsons Predigten, konnte auch darin ein Grund
zu finden sein, dass man sich ein Zuviel ersparte und
das Nötige vorzog. Familie Meyer saß wie gewohnt in
der ersten Reihe, diesmal waren alle anwesend, immer
wieder zu mir hinauf lächelnd, Sue-Ann, manchmal
winkend und von ihrer Mutter gebremst.

„Na das lief doch schon mal ganz gut, Herr Kollege,
darf ich sie überhaupt so nennen? Haben sie schon eine
Entscheidung getroffen? Nein? Lassen sie sich Zeit.
Nicht allzu viel, denn ich muss das hier ja auch
begründen. Morgen wäre ein guter Tag.
Das Alte soll ersterben ehe das Neue ersteht."

Josephine und Sue-Ann warteten auf mich und luden
mich zum Abendessen ein. Es gäbe viel Grünes, wie der
Tag es forderte. Beiden schienen beschwingt und leicht
und sehr um Nähe bemüht. „Ich hab dir das Zimmer
gerichtet, es wartet nun auf dich, so wie wir es tun,
voll an Vorfreude. Bis heute Abend!"

Die Wäsche war noch nicht trocken, erst die
Mittagssonne konnte sie von ihrer feuchten Last
befreien. So wie gerade meine Worte irren, nach einem
satzfüllenden Gedanken suchen, irrte ich durch das
Dorf. Da der Wald noch gut bewacht war, ging ich zum

Bach und kühlte mir die Füße, welche dieselbe Hitze in sich trugen wie meine Gedanken. Schwer nur jeder Schritt, mein Atem bekam ein seltsames Eigenleben als die Anstrengung überhand nahm. Die Glocken würden ab heute schweigen, schwerlich konnte ich nun die Stunden zuordnen, welche die Sonne an den Himmel schrieb. Ich betrat einen leeren Raum, der sich nicht in Zeit auszudrücken vermochte. Der Drang zu rennen, einfach nur zu rennen war groß. Das Ziel unbestimmt, aber tröstend. Die Schatten wurden länger, die Gedanken erklärten mein Herz zu ihrem Besitz. Jeder Gedanke trat dagegen und trieb es vor sich her. Die Peitschenhiebe schmerzten und ich sah wie es Christophers Hemd mit seinen Schlägen wölbte. Ich trage dieses Tagebuch bei mir, damit ich nicht vergesse. Oh ich vergesse so schnell. All den Worten gehen Gebete voraus, vieles bleibt verborgen, weil ich nicht mehr davon lesen möchte, vergessen möchte, weil es dieses Büchlein sonst unerträglich schwer machen würde.

Die Villa war nur wenige Meter vom Bach entfernt. Immer wieder hörte ich Sue-Anns Lachen, ich war verwundert über ihre Fröhlichkeit in Anbetracht der letzten Tage, die so viel Leid und Tod brachten. Vielleicht nahm ihr Zugang zur Geisterwelt vieles an Ängsten, die wir, ohne dieser Gabe, nur schwerlich verarbeiten würden. Sie wartete auch am Tor auf mich, so als hätte sie mein Kommen schon geahnt.
„Ma! Pater Pedro ist da! Sie versuchte das Tor zu öffnen,

doch es blieb bei einem wilden Rütteln. Josephine kam
gelaufen und schloss das schwere Tor auf. „Wie schön,
dass du gekommen bist. Du bist früh, das kenn ich
gar nicht von dir. Komm. Vater ist noch unterwegs…"
„Dann können wir noch etwas zusammen spielen!"
Wir entschieden uns für ein Kartenspiel, welches
ungewöhnlich oft Herzen auf der Tischplatte
versammelte. Josephine und Sue-Ann sprachen von
Zeichen und lächelten. Meines kam nicht zur Ruhe,
vertrieb jeden klaren Gedanken, oder die Gedanken
trieben es. Ein Fangspiel, auf dessen baldige Ermüdung
aller Beteiligten ich hoffte, so sehr hoffte, doch es blieb
Wunsch. Irgendwann kam der General und Therese bat
zu Tisch.
„Ich freue mich, dass sie unserer Einladung gefolgt sind.
Erheben wir die Gläser auf …" „Vater bitte. Wollen wir
nicht erst essen, bevor uns am Ende Worte den Appetit
verderben?" „Nun da möchte ich nicht widersprechen,
dann wünsche ich einen guten, oder so wie sie es ausdrücken würden, gesegneten Appetit." Das Mahl war
bitter, der Wein viel zu süß, der auch viel zu schnell in
den Kopf stieg und nicht nur bei mir die Zunge löste
und die Hauptspeise schnell an ihr Ende führte.
Der Nachtisch rieb sich mit seiner Süße am Wein und
schob eines der beiden in die Bitterkeit der Hauptspeise.
„Da das Essen nun Geschichte, ich danke dir Therese,
nun die Worte auf die wir schon alle warten.
Deshalb übergebe ich nun an Pater Pedro…
haben sie eine Entscheidung getroffen?"
Die Frage wog schwer, die Antwort war bleiern,

selbst der Wein brachte keine Leichtigkeit mehr.
Ich werde bleiben und Josephine ehelichen, wenn sie
denn noch wollte. Ich brauchte den Satz nicht beenden,
die restlichen Worte fanden sich erstarrt in einem Kuss
wieder. Josephine griff meine Hand und schluchzte mir
ins Ohr „Gott, Pedro ich bin so glücklich…danke, danke,
danke…" Der General schmunzelte und Therese und
Sue-Ann versuchten sich in Josephines innige
Umarmung hineinzudrängen, was nur Sue-Ann gelang.
„Bis zur Hochzeit, steht ihnen das Zimmer im
Erdgeschoss zur Verfügung. Es ist mir eine Freude, sie,
dich, hier begrüßen zu dürfen." Dies gab mir die
Möglichkeit mich noch einmal zu Verabschieden.
Ich müsse noch meinen Koffer holen. „Soll ich ihnen,
dir, einen Soldaten an die Seite stellen, es wird langsam
dunkel und noch traue ich der Stille nicht. Nein?
Gut, dann würde ich sagen, bis später. Nun kommt,
lasst uns noch mal auf den verlorenen Sohn anstoßen."
Kurz bevor ich Tür öffnete, kam Sue-Ann zu mir
gelaufen und küsste mich auf die Wange „bis gleich,
Papa Pedro."

Damit es Liebe bleibt,
lass mich Bruder sein,
wenn da kein Hunger,
im Wolfe nicht die Jagd,
das ist, was die Sterne singen,
in der Fremde.
Ich-bleiben,
im Abschiedsgruß,
Heimatgefühle,
die ich ließ,
auf weißen Feldern,
die uns beschenkten,
in ausgehungerten Nächten.

Ich lief in den Wald. Vorbei an Bach und Reservat,
wo sich Soldaten so laut unterhielten, dass jeder fremde
Schritt unbemerkt. Ich zog meine Schuhe aus, damit
mich der Wald nicht verriet, hätte er doch jeden Grund
dazu. Ich lief so weit, bis mich die Dunkelheit umfing
und der enge Gürtel seines Endes meine Eile zügelte.
Meine Tränen fanden eine neue Heimat und doch waren
sie nur die Vorwehen zu einem Schrei, der sich aus mir
zog, wie ein eiternder Splitter und nun dem Blut wieder
Vorrang gab. Da meinte ich Kinder zu sehen,
wie sie zwischen Bäumen sprangen.

Sie fanden Pater Pedro Pinto am Karfreitag 91.
Er starb durch einen Schuss einer der Soldaten, der einen
Wolf vermutete. Ich fand sein Tagebuch vor meiner Tür.
Edna Wheeler

Rot die Felder
Sonnengezähmt,
der Weizen fasst nach dem Wind,
der Mohn tanzt, es rasselt seine Frucht,
wie Schlangenenden,
deine Milch ist mir Gift,
dein Kuss verborgener Biss,
auf den Gipfeln anderes Licht,
Krähen gehen neben mir,
bis ich Schatten bin.

Kapitel 1 – Rot die Felder

Christopers Schulter blutete. Jener Ort, der immer kalt
und doppelt bedeckt, lag nun offen und gab frei,
was unsichtbar durch sein Herz wanderte. Wir ließen
zu viele, sie wussten um den geheimen Pfad, doch sie
wurden überrascht. Die zuerst gingen, hatten Glück.
Mondauge wollte bei ihnen bleiben, als Heiler wollte
er dort sein, wo es Heilung bedurfte. Wir warteten
lange, auch auf die anderen, bis SonneMond das Warten
beendete. Der Wald bot uns Schutz, noch mehr jedoch
die Berge, doch sie standen dem Winter näher, als das
Tal. Wir wussten um die versteckten Stämme, die dort
Zuflucht fanden, als sie uns auseinander rissen, wie ein
Stück Papier. Ich musste Christophers Schulter
verbinden, wir hatten nichts dabei, nur das, was wir am
Körper trugen. Ich schnitt einen meiner Zöpfe ab und
band damit seinen Arm ab, so dass die Wunde versiegte
und ich sie mir genauer ansehen konnte.
Ein Streifschuss. Doch auch dieser zog Kraft und bot
zum Tausch Müdigkeit. Jeder von uns trug ein Fell und
eine Decke bei sich, die bei uns im Zelt auslagen und
unsere Messer, in meinem Beutel war noch etwas Honig,
Kräuter, Nüsse und die Plätzchen die mir Christopher in
meiner Tasse zukommen ließ. Dieses Geschenk half uns
wohl jene rettenden Meter zu gehen,
bis wir auf die Brüder und Schwestern unseres Stammes
stießen, die in den Bergen ein verstecktes Dorf
errichteten, immer auf der Hut und zur Flucht bereit,
umrankt von Spähern, deren Tierlaute von Unwissenden
nicht unterschieden werden konnten.

Mensch, Tier, dort wurden sie Eins. Ich bewunderte ihre
Fähigkeiten schon als Kind. Ich verstand ihre Sprache
nicht und sie Meine nicht, doch ich kannte die Tiere
die sie nachahmten. So begannen wir miteinander zu
sprechen. Ich kann mich nicht an meine Mutter erinnern,
nicht an meinen Vater, ich wusste nur, da war jemand
und wir lebten im Wald. Ich spielte mit Nüssen und
Steinen und trug eine Feder bei mir. Ich habe sie heute
noch. Sie bewunderten mein Haar, dachten es wäre aus
Feuer, nur die Frauen waren mutig genug und kämmten
es und entfernten die Dinge, die sich darin fingen.
Den Namen Hexe, hörte ich erst von den Weißen.
Niemand von den Lakota nannte mich je so.
Christopher schlief viel. Ich machte mir Sorgen, er hatte
eine heiße Stirn, träumte und sprach in den Träumen
von Äpfeln, doch essen wollte er keine. SonneMond
wollte schon letzte Gebete sprechen und den Rauch über
ihn blasen, doch er fand zurück, seinen Arm kann er
seitdem nicht mehr bewegen. Seine Schreibhand
baumelt, wie das Ende eines gebrochenen Astes.
Seine Finger formen eine ewige Schale.
Meine Schwestern verstanden es Feuer zu machen,
deren Rauch den Wald unsichtbar verließ, sich unter die
Nebel mischte, die dort auf- und abgingen. An klaren
Tagen wärmten wir uns an der Glut, der Rauch hätte uns
verraten. Hier oben gab es noch genügend Kleingetier,
der Jäger machte sich nicht die Mühe, noch hatte er kein
Interesse an verschneiten Höhen. Und doch zogen wir
Äste hinter uns her, wie Schwänze, damit unsere Spuren
verborgen blieben. Und die Sterne waren hier so nah,

an klaren Tagen konnten wir bis auf das Dorf sehen.
Schüsse hörten wir keine mehr, nur am Jahreswechsel
die dem Nachthimmel Farben schenkten. Wir kannten
dies schon von den letzten Jahren, doch von hier oben,
war der lange Aufstieg der Farben nicht spürbar.
Sie waren einfach, explodierten wie Knospen und
zauberte den Kindern wieder erste Lächeln. Eagle war
bei uns. Er war das einzige Kind, das mit uns kam und
seine Mutter und sein Vater. Die anderen Mütter blieben
bei ihren Kindern und die Kinder bei ihren Müttern.

Rot die Felder,
blau die Lippen,
sieh nur wie die Sterne leuchten,
heute zähle ich mehr.

Kapitel 2 – Sonnengezähmt

Der Frühling sprach in vielen Farben, noch vor der Farbe
begrüßten wir sein mildes Wesen, das uns geduldig
durch die Wälder begleitete, bis wir eine Hochebene
erreichten. Ein See lieh ihr sein Auge, das den Himmel
hinab beschwor. Wir errichteten dort unsere Zelte.
Nicht alle zogen mit uns. Viele blieben in den Wäldern,
die Schatten der Bäume boten ihnen mehr Schutz, als ein
offenes Feld hoch auf den Bergen. Die steinernen Wirbel
drückten sich durch das hohe Gras, das sich langsam
wieder aufrichtete. Wir konnten auf die Gipfel der
umliegenden Berge blicken. Der See trug Fische und an
den Waldrändern sprossen Beeren. Christopher fand
wieder zu seinen Kräften und half den Fischern.
Mit den Feuern blieben wir vorsichtig, ein Gipfel ist
nackte Haut, jedes Haar, jedes Mal, jede Erregung,
ein sichtbares Zeugnis. „Ich kann meinen Arm nicht
mehr spüren aber ich spüre den Zweifel der Flucht.
Sahst du wer auf mich schoss? Die ersten Schüsse galten
mir. Hätten sie mich treffen wollen, ich glaube sie hätten
getroffen. Sie waren Warnung. Vielleicht sollten wir
zurückkehren und die Anderen zu uns holen. Heimlich,
einen nach dem anderen." Ich bewunderte Christopher
für seine Zuversicht. Einige Späher berichteten
Schreckliches, Dinge die ich nicht glauben konnte.
Die wir nicht glauben konnten und wollten.
Sie brachten keine Beweise, das Echo des Momentes.
Wir mussten glauben, ohne es zu verstehen.
Christopher saß oft abseits, fütterte die Krähen,

manchmal sprach er auch mit ihnen und er band Äste zu
einem Kreuz, vor dem er oft Stunden in sich versunken
saß. Manche setzten sich zu ihm, dies schien ihn nicht zu
stören, selbst die Kinder, die manchmal um ihn herum
sprangen, waren nicht dort, wo er war. Ich fühlte seine
Einsamkeit und er fühlte meine. Manchmal ist dies eine
Verbindung, wenn andere Dinge scheitern, die noch in
der Fülle geschehen.
„Meine Hand bleibt Schale, ich schöpfe mich leer.
Lass sie mich mit Gewissheit füllen, was dort im Dorf
geschah. Lass mich hinuntergehen. Ich finde den Weg.“
Christopher überschätze seine Gesundheit und
unterschätze die Gefahren die in den Wäldern lauerten,
welche die Gemeinschaft mieden, sich aber dem
Einsamen näherten. Ich würde mit ihm gehen,
Eagle und sein Vater „Wolf“ und sein Bruder „Knochen-
flöte“ würden uns begleiten. Wolf und Knochenflöte
waren Späher und wussten sich zu verteidigen.
Eagle sollte lernen und wollte seine Freunde sehen.
Wir brachen auf, ehe uns die Sonne zeigte,
was uns erneut geschenkt.

Sonnengezähmt
Die wilde Nacht,
wir gehen unsere Füße warm,
wir üben unsere Augen und Hände,
im Dank,
das Alte sprach, ich bin Fremder,
sei Freund mir, im Augenblick,
dort wo Sonnen wohnen
und Monde mit ihrem Licht färben.

„Wir gehen nicht auf selbem Wege. Die uns witterten,
die sind schon dort und hoffen auf eine Dummheit.
Bären waren hier. Eagle, schau, leg deine Hände in die
Spur, merk dir ihre Form und Größe, vielleicht spürst
noch ihre Wärme, sie ist noch frisch und sie war nicht
allein, siehst du die kleineren Spuren, eine Mutter mit
ihren Jungen. Sie ist gefährlich, lebt sie doch nicht nur
für sich. Wir gehen in diese Richtung."
Die Äste warben schon mit erstem Grün und lockten
Bienen. Ich freue mich auf frischen Honig und frischen
Kräutern, in ihnen steckt so viel mehr Kraft als in jenen
über denen Feuer und Jahreszeiten strichen. Vielleicht
konnte Christopher auch den Stein holen, unseren Stein,
den er zurückließ, er gehörte nicht in fremde Hände.
Es würde Tage benötigen bis wir wieder im Dorf
wären, der Gedanke daran, ließ meine Schritte
langsamer werden. Ich hatte eine Ahnung und ich wollte
sie nicht bestätigt wissen, Christopher war voller
Hoffnung und ich wollte ihn nicht enttäuschen,
auch wollte ich mich nicht täuschen. Wir hüteten unsere
Feuer und die Hasen, die Wolf erlegte, wurden an
Bächen gehäutet, damit wir keine Gäste luden,
die Reste vergraben oder mit glimmender Asche
bedeckt. Die Nächte waren noch kalt und wir kletterten
auf Bäume um in den Ästen zu schlafen. Ohne Zelt,
ohne Feuer, sind die Herren des Waldes, gnadenlose
Jäger, vor allem jetzt im Frühling, wo der Hunger des
Winters noch in ihnen lebt. Für Christopher war es
schwierig, in einen Baum in ausreichender Höhe zu
gelangen, mit einer Hand,

war er auf unsere Hilfe angewiesen. Wir schoben und
zogen ihn, manchmal unter großen Schmerzen,
immer wieder schlug er auf seinen tauben Arm,
befahl ihn zurück ins Leben, doch er blieb stumm.
Einer von uns hielt stets Wache. Puma und Bären sind
gute Kletterer, wir hatten Glück, dass sie uns zwar
witterten aber keinen Kampf von unten nach oben
wagten, sie wussten um ihren Nachteil. Je näher wir dem
Dorf kamen, desto mehr Tiere schlichen nachts.
Füchse und Wölfe und manchmal auch Schatten,
die weder Mensch noch Tier.

Kapitel 3 - Der Weizen fasst nach dem Wind

Wir konnten erste Lichter sehen und Rauch der sich
zwischen Wolken mischte. Hundebellen und
Hufgeklapper, so nah, weil der Wind günstig stand.
Das Reservat mit seinen hohen Pfählen markierte das
Ende des Waldes. Wolf ging voraus. Schlich beinahe
lautlos bis an das ausgedünnte Waldufer. Plötzlich
machte er kehrt. Sein Gesicht fahl, sich mit einer Hand
gestützt, an einen Baum übergebend.
„Unsere Brüder und Schwestern…nein, Eagle warte.
Warte…ihre Körper….“ Knochenflöte biss sich in den
Unterarm und versuchte seinen Schrei zu unterdrücken,
doch ein schreckliches Wimmern fand trotzdem den Weg
aus seinem Herzen, aus seiner angeritzten Seele.
„Wir müssen…“ „Nein, das müssen wir nicht,
nicht jetzt, nicht hier, nicht wir…ich habe eine Wache
gesehen, würden sie Ruinen bewachen und Wachen
vor Eingängen platzieren, wenn da nicht noch jemand
ist? Lass uns sicher gehen, lass uns nachsehen wessen
Körper dort liegen, jene die fehlen, sind vielleicht noch
im Reservat. Eagle, du bist leicht und dein Schatten ist
der Kleinste von uns. Versuch auf die Pfähle zu klettern,
vielleicht siehst du jemanden. Knochenflöte hilft dir.
Wir treffen uns wieder hier, hörst du, hier!“ „Ja. Und
wenn mich jemand sieht?“ „Dann lauf an den hinteren
Teil, der an den Wald grenzt und klettere auf den Baum
der ins Reservat reicht. Weißt du noch, wie oft wir mit
einem Stock an seinem Ast gerüttelt haben, damit er ein
paar Nüsse loslässt? Auf den kletterst du und gibst ein

Zeichen. Knochenflöte bleibt bei dir, es kann dir nichts passieren." Wolf, Christopher und ich schlichen zu den Körpern. Es waren viele. Manche zu einem Klumpen verschmolzen. Manche noch zu erkennen, manche von Tieren in die Unkenntlichkeit genagt. Immer wieder verzählten wir uns. Christopher zählte 24, ich 22, Wolf 25. Als würden sie sich einer Zahl entziehen wollen um jene, die nicht dort lagen, zu schützen. Wolf fand einen bemalten Stein. Mondauge. Wir fanden ihn unter Eulenflug und jemanden, der mit Mondauge verschmolz. Das Feuer war nicht stark genug, nahm, was es zu nehmen vermochte und ließ unverdaute Reste. Es war zu kalt für große Feuer. Obwohl es schon taute, waren noch kleine Schneeinseln verteilt. Ich legte ihm seinen Stein in seine Hand. Dann bedeckten wir uns mit Asche und Erde und ich sprach jene Worte, die er mir lehrte, ich dachte nicht, dass ich sie einmal für ihn sprechen musste, nicht jetzt, nicht so. „Zuerst fressen sie uns, dann die schwarzen Menschen, am Ende fressen sie sich selbst..." Christopher stand abseits und sprach seine Gebete. Da ertönte der Ruf des Adlers. Eagle hatte jemanden gesehen, oder er wurde gesehen, wir schlichen zu Knochenflöte. „Hast du jemanden im Reservat gesehen? Nein, aber jemand kommt in den Wald, jemand in einem schwarzen Kleid, es könnte Pater Pedro sein, helft ihr mir runter?"
Christopher wurde unruhig, wollte schon auf ihn zulaufen. Wolf hielt ihn zurück. „Er wird uns nicht verraten. Er ist wie ein Bruder für mich, bitte, lasst mich zu ihm…" „Unsere Brüder liegen hier…Wir müssen

vorsichtig sein. Ich traue niemandem mehr,
der von dieser Seite kommt. Da ich hier der Älteste bin,
untersteht ihr meinem Wort. Wir ziehen uns zurück.
Kommt. Jetzt!"

Der Weizen fasst nach dem Wind,
mag ihn zu sich ziehen,
damit da Berührung bleibe,
die Wölfe ziehen ungewandet,
durch Schattentore,
sie sahen uns neigen,
nie so weit,
als dass wir im Winde brachen.

Kapitel 4 - Der Mohn tanzt, es rasselt seine Frucht

Es begann zu regnen, die Nacht forderte ein Versteck, auf den Bäumen war es nun zu gefährlich. Die Villa des Generals. Der Vorschlag Christophers stieß zuerst auf wenig Gegenliebe. Doch je länger Wolf darüber nachdachte, desto zwingender wurde der Gedanke. „Dort ist ein Schuppen, der ist meist unverschlossen, Sue-Ann erzählte mir einmal davon, dass sie sich gerne dorthin zurückzog, wenn ihr Großvater zu laut wurde." Der Nachthimmel bedeckte sich mit Nebel, seine Sterne verborgen. Wir nahmen den Weg am Bach entlang, dort war der Nebel am dichtesten und wir blieben außerhalb der Dorfaugen. Das Netz des Nebels war feinmaschig, kaum ein Blick stieß sich an Baum oder Stein, wir hielten uns an den Bach, der uns mit seinem Flüstern zum Anwesen des Generals geleitete.
Der Zaun der an den Wald grenzte, rechnete nicht mit dem weiten Arm einer Eiche, der sich weit über seinen Kopf streckte und die Enden einer Schaukel hielt.
Wir kletterten über ihn in das Anwesen, da der Körper des alten Baumes üppig war und allerlei Schnörkel beherbergte, war es auch für Christopher möglich, über den Ast ins Innere des Gartens zu gelangen, ohne von den rostigen Spitzen des alten Zaunes durchbohrt zu werden, doch ganz ohne leisen Flüchen, wahrscheinlich an sich selbst und an seine Idee gerichtet und helfenden Händen, ließ sich der Baum nicht überwinden.

Die Villa hatte ihre Augen schon geschlossen.

Am Pavillon, machten wir eine kurze Rast und horchten ob da ein Hund lauerte, doch die Hunde hier, waren Wachleute und keiner schien auf seinem Posten.

Ich meinte jemanden am Fenster gesehen zu haben, doch ich war mir nicht sicher, wir eilten zu dem besagten Schuppen, der zum Glück unverschlossen am hinteren Teil des Hauses lag. Wir würden abwechselnd Wache halten. Im Schuppen war genug Platz und sogar ein paar Decken und ein Sack mit Laub, an den wir uns lehnen konnten, wir rückten nah, wie Schafe und aßen getrocknete Beeren, ehe wir nacheinander vom Schlaf eingeholt wurden. Wolf hielt die erste Wache.

Christopher lehnte an meiner Schulter und je tiefer er schlief, desto weiter sank er an mein Herz, ich dachte mir, dies sei ein guter Ort für uns beide und mit dem Gedanken sank auch ich in einen Schlaf, der je unterbrochen wurde, als Wolf in die Hütte huschte und die Tür schloss. „Still...“ „Wenn du jetzt schreist, erschieß ich dich auf der Stelle. Die Kutsche ist gleich da und bringt dich zurück zu deinen Brüdern. Ich bin kein naiver Jüngling, der das 5te Ass nicht bemerkt.

Pack deine Sachen. Und kein Wort zu niemanden.“

„Schatz, was macht ihr hier draußen, mitten in der Nacht...“ „Leg dich wieder hin, es ist alles in Ordnung. Olivia, wird uns heute verlassen, sie hat Heimatgefühle, sie möchte zurück zu ihren Brüdern. Das wolltest du doch, oder? Siehst du, alles in Ordnung. Geh wieder hinein. Olivia wird dir folgen und ihren Koffer packen. Seid leise, damit ihr Sue-Ann nicht weckt...“

Dann schloss sich eine Tür und wir rochen den Duft von süßlichem Tabak. Der General murmelte Dinge, die nur er verstand, von fern knisterten schon Wagenräder. „Das ging ja schnell. Auf Albert ist Verlass." Er hustete und spie aus, dann ging er um das Haus zum Tor, der Kies unter seinen Stiefeln, verriet ein leichtes Hinken. „Ah, ja es war dringend. Sie kommt gleich. Du hast schon ein paar mehr auf der Ladefläche, guten Morgen die Damen und Herren, eine gute Reise wünsch ich, sie bekommen gleich Gesellschaft, behandelt sie gut, ich komme immer mal zu Besuch und ich möchte nichts schlechtes hören, verstanden? Gut. Ah da kommt sie… und die Kleine auch…Therese, sagte ich nicht ihr sollt leise sein, Herr Gott, bring das Kind wieder rein." „Opa, warum…" „Das verstehst du noch nicht… sie möchte zu ihrer Familie…das ist alles. Ja umarmt euch noch mal, so…ja jetzt ist gut." Die Worte wurden undeutlich, da Sue-Ann zu weinen und schluchzen begann, plötzlich war auch Josephine zugegen und der Abschied wurde ein undurchsichtiges Durcheinander. Wir beschlossen, den Moment zu nutzen und den Schuppen zu verlassen und drängten uns auf seine Rückseite. Neben der Hütte war ein Komposthaufen, wir stiegen von seinen hölzernen Latten über den Zaun, nun waren seine rostigen Spitzen, hilfreiche Hörner um den Stier zu bezwingen. Kurz darauf kam das kleine Mädchen gelaufen und verschwand in dem Schuppen. Ihr Schluchzen ließ keinen von uns unberührt.

Der Mohn tanzt,
es rasselt seine Frucht,
als wär's eine Schlang' zwischen Steinen,
mein letzter Traum,
noch unberührt,
die Nächte nun Wächter eines offenen Grabes,
vergiftet mein Schlaf.

Kapitel 5 - Wie Schlangenenden

Der Waldrand war geschwätzig. Jeder Schritt wurde
kommentiert mit einem schmatzenden Echo. Im Wald
konnten wir nicht bleiben uns blieb nur das Reservat.
Der Nebel wog schwer, er hatte dasselbe Gewicht wie
die Dunkelheit, die ihn hielt. Die Sonne würde in ein
paar Stunden durch beider Schranken brechen, bis dahin
tasteten wir uns durch das augenbetäubende Gemisch
bis wir an die blanken Pfähle des Reservats stießen.
Selbst den Bäumen hatte man ihr Gesicht genommen.
Vor dem Tor saßen zwei Wachen, eine davon schlief,
die andere rauchte und lieh dem Nebel ein Auge und
uns eine Position. Wir stiegen über den Baum am
hinteren Ende Reservats auf eine der Hütten. Das Dach
war feucht und das alte Laub nahm jeden sicheren Halt.
Wir hofften nicht durch das Dach zu brechen,
4 Menschen würden aber auch nicht schwerer sein,
als ein ausgewachsener Winter. Wir ließen uns von dem
Dach hinunter auf eine abgedeckte Regentonne, von dort
war es nun ein Leichtes, nur Christopher stöhnte unter
all der Anstrengung und den Schmerzen in seiner
Schulter, jede Bewegung war Aufforderung und
Ablehnung zugleich. Einige Türen standen offen, einige
waren geschlossen. Bei Tageslicht würden wir genauer
hinsehen. Wir wählten Wolfs Hütte. Dort waren auch ein
paar getrocknete Früchte, die noch genießbar waren und
ein Bett, welches für die nächsten Stunden unser Lager
sein sollte. Die Decken nahmen schnell unsere Wärme
an. Diesmal hielt Knochenflöte Wache. Christopher lag

wieder neben mir, unser beider Herzen schlugen noch
zu schnell für Traum und Schlaf. Eagle lag in Wolfs
Armen und schnarchte sein Kinderschnarchen. Ich lag
in Christophers Armen. Sein rechter Arm war kalt, ich
wollte mich auf diese Seite legen… „bitte bleib an
meinem Herzen, dort ist noch Leben, der andere Teil ist
schon abgestorben und kann dich nicht mehr spüren."
Dies war der Moment als er mich zum ersten Mal küsste,
geküsst haben wir uns sicher schon oft im Traume,
jetzt durfte es sein. Ein Kuss, der unsere Herzen zügelte
und ein Lächeln bereitete, für das wir uns beide
schämten, an einem Ort, wo alles Lächeln geraubt.
Christopher schlief vor mir ein. Ich kannte die
Geräusche die mich jetzt umgaben. Diese Käfigfremde,
war vertraut und die hölzerne Mauer schuf doch ein
befremdliches Gefühl von Sicherheit.

Schlangenenden,
Nacht an Nacht,
sind dem Kreise nicht genug,
es frisst sich, es würgt sich,
gewirkter Tag,
aller Trost zwischen Schwanz und Auge,
Geküsstes, ist aller Fluchten Mal.

Wir schliefen lange, es war bestimmt schon Nachmittag.
Als wir erwachten hielt Wolf Wache. Der Regen schwieg,
hinterließ zahlreiche Augen die auf uns starrten,
den Himmel suchten und nur Nebel fanden.
Christopher war noch in der Anderswelt, ich bat Eagle

bei ihm zu bleiben, während ich mit Wolf und Knochenflöte das Reservat nach Lebenden und etwas Essbarem
durchsuchte. Ich hatte wenig Hoffnung, vor dem Tor,
waren die Wachen zu hören, sie spielten Karten,
fluchten und lachten, ehe sich irgendwann die
zweite Wache verabschiedete und es leise wurde und
dies gleichzeitig die Gefahr erhöhte, selbst gehört zu
werden. Keine Tür war verschlossen, nur die der Kirche.
Knochenflöte übernahm die linke Seite, die näher am Tor
lag, während Wolf und ich den hinteren Teil
übernahmen. „Ich hab euch gesehen. Es ist kein
Geheimnis, dass ihr euch mögt. Traust du ihm? Ja?
Er ist sehr weich. Ich kann nichts entscheiden, der
Stamm wird entscheiden ob er bleibt und wenn er bleibt,
was will er tun, dir und den Frauen beim Kochen helfen?
Selbst dazu bedarf es zwei Hände. Wir nahmen dich auf,
du bist wie eine Schwester für uns, auch er wird seinen
Platz finden, meinst du er wird dieses Leben wählen
wollen, das so ganz anders ist als sein Altes?" Ich konnte
diese Frage nicht für ihn beantworten, ich konnte nur
hoffen, dass er sich dazu entschied und sich meine
Brüder und Schwestern für ihn entschieden. Ich bin nur
eine Stimme von vielen. „Knochenflöte hat etwas
gehört!" Wir eilten in die Hütte, die uns am Nächsten
war, konnten die Tür nur mehr anlehnen, für einen Weg
zurück in Wolfs Hütte war es zu spät, das Tor öffnete
sich. Ich hörte eine Kinderstimme, es war Sue-Ann,
Pater Pedro begleitete sie. Durch den Türspalt sahen wir
sie zur Kirche hinüber gehen. Ich hoffte, dass Eagle und
Christopher Ruhe bewahrten, hätte doch jeder von

beiden einen Grund gehabt, sein Versteck zu verlassen.
Was sie redeten verstand ich nicht, dafür waren wir zu
weit entfernt, ich sah Sue-Ann unter die Kirchenstufen
kriechen, wohl der Schlüssel, dann verschwanden sie in
der Kirche. „Warte. Wir wissen nicht ob sie alleine sind.
Die Mutter muss doch auch irgendwo sein,
vielleicht wartet sie draußen." Knochenflöte war nun
außer Sichtweite, wir mussten warten und uns auf
unsere Sinne verlassen. Es dauerte nicht lange als sie
wieder herauskamen, Pater Pedro schloss die Türe ab
und Sue-Ann kroch noch mal unter die Treppe.
Kurz bevor sie am Tor war, drehte sie sich um und
winkte in Richtung von Wolfs Haus. Sie hatte wohl doch
etwas bemerkt. Als sich das Tor öffnete und wieder
schloss, hörten wir andere Stimmen, laute Stimmen,
eine davon war Ms. Meyer. Irgendwann war Stille und
die Stille brachte die Nacht, wir würden noch eine Nacht
hier verbringen, ehe wir morgen aufbrechen würden,
Aus morgen, wurden zwei Tage. Immer wieder waren
Wachen zugegen, die nun auch um das Reservat herum
patrouillierten. Pater Pedro und der Fellhändler
begannen die Toten zu begraben.
Wir hatten Glück, dass in den Häusern noch Lebensmit-
tel waren, wir übten uns in Stille und Geduld.
Christophers Küsse wurden seltener, verhaltener,
er meinte dieser Ort, sei voller Schatten,
er könne nicht über sie hinweg küssen.

Kapitel 6 - Deine Milch ist mir Gift

Gestern hörten wir die Kirchenglocken. Christopher meinte, diese würden jetzt für eine Woche verstummen, die Karwoche begann und er erzählte uns, was wir schon wussten. Er hatte seine Bibel nicht dabei, doch in jeder Hütte lag eine, so las er uns daraus vor. Eagle und ich hörten die Geschichten gerne, auch ein weiteres Mal, Wolf und Knochenflöte schwiegen zumeist, manchmal nickten sie, manchmal gingen sie ins Freie.
„Überlegt euch lieber, wie wir hier raus kommen, diese Geschichten sind schön, aber sie öffnen keine Türen." Ich empfand dies anders. Vielleicht wäre heute die Gelegenheit einen Ausweg nach draußen zu finden, wir kletterten wieder auf die Hütte, die an den Baum grenzte, immer mit dem Blick auf die Hügel, denn von dort hatte man Einblick in das Reservat. Aus dem Wald hörten wir Spaten und Erde und den Tod, den sie überstimmten, den Tod und sein starrsinniges Hier.
Der Jäger war noch allein, trank in den Pausen ehe sich seine Spatenstiche unter einem Ächzen fortsetzten. Plötzlich kam Sue-Ann zu ihm gelaufen. „Hallo Mister, ist Pater Pedro hier?" „Kind, du solltest nicht hier sein, und all dies nicht sehen, guck weg und verschwinde! Und nein Pater Pedro ist nicht hier!" „Sind das die toten Bewohner? Der Grund warum das Reservat leer ist?" „Noch mal Kind, bitte verschwinde von hier, das ist kein Ort für dich." „Die Toten machen mir keine Angst, wirklich." „So? Was macht dir denn Angst?"
„Das Geschrei von meinem Opa und Wölfe, ja Wölfe."

„Bist du denn schon mal einem begegnet?" „Nein."
„Wie kannst du dann Angst vor ihnen haben?"
„Na weil sie böse sind und…" „Nein, sie sind nicht
böser, als Füchse oder Bären, oder Eulen…hast du Angst
vor Eulen?" „Nein, warum sollte ich, die sind süß."
„Das sind genauso Raubtiere wie ein Wolf. Sie haben
Hunger, sie jagen, sie versorgen ihre Jungen." „Und sie
können Tote sehen, so wie ich…" „Mädchen, ich muss
hier fertig werden, ich habe keine Zeit für Märchen."
„Dann warte ich auf Pater Pedro." „Woher willst du
wissen, dass er kommt?" „Ich weiß das, er hat's mir
erzählt." „Ich brauch eine Pause." „Sie schwitzen."
„Wer arbeitet schwitzt. Ich habe Durst." „Ich auch."
„Mädchen das ist nichts für…willst du mal kosten?"
„Ist das Wasser?" „Es hat dieselbe Farbe wie Wasser
oder?" „Ja…" „Also, was könnte es dann sein?"
„Wasser?" „Trink einen Schluck, dann weißt du es."
„Puh, so riecht aber kein Wasser." „Trink hab ich
gesagt!" „Mister, ich möchte nicht, das ist kein
Wasser…" „Ich werd dir schon helfen…" In dem
Moment warf er Sue-Ann zu Boden und legte sich auf
sie. Wolf kletterte über den Baum zu den beiden hinüber
und zog sich sein Wolffell über, sein Kopf war von dem
Wolfsgesicht bedeckt. Der Jäger hörte ihn nicht, er riss an
Sue-Anns Kleid und öffnete seinen Gürtel. Wolf packte
ihn, zog ihn an seinen Haaren nach hinten, sein Messer
riss an seiner Kehle, wie ein eiserner Zahn. Der Jäger
starrte ihn mit weit aufgerissenen Augen an, während
sein Blut aus dem Hals schäumte, seine Worte gurgelten,
wie die eines Ertrinkenden. Wolf heulte auf und

Sue-Ann lief aus dem Wald.
Wolf kletterte wieder zurück, er wusste,
sie würden nun mit Hunden und mit Reitern nach uns
suchen, wir wären nicht schnell genug. Wir blieben.

Deine Milch ist mir Gift
und doch hab ich davon gekostet,
wie sehr es nun an meinem Herzen zieht,
es unter einen Stein zieht,
der schwerer ist,
als der Körper der es trägt
und drückt und drückt,
bis Wände nicht mehr Wände sind,
es mich nicht mehr vom Gifte schützt.

Kapitel 7 - Dein Kuss verborgener Biss

Wolf behielt Recht. Sie kamen. Auch ins Reservat.
Wir saßen noch auf dem Dach. Als sich das Tor öffnete
und Ms. Meyer und ihre Tochter Schutz in der Kirche
suchten. Das Blut würde Wölfe ziehen, Füchse wahrscheinlich zuerst. Sie waren ausgehungert. Wir nutzten
den Moment und suchten wieder Schutz in Wolfs Hütte.
Christopher, war blass und am liebsten wäre er zu den
beiden in die Kirche geeilt. Wir hatten Mühe ihn davon
abzuhalten. Er biss sich in den tauben Arm, unterdrückte
einen Schrei, während sich sein Mund mit Blut füllte.
Er bemerkte nicht, dass er zu fest biss. Kurze Zeit später
kam Pater Pedro, er hatte einen Korb bei sich, auch er
lief in die Kirche. Da hörten wir den Ruf eines Wolfes,
sie waren so nah. Nun mussten wir Wolf zurückhalten,
dass er nicht unser Versteck verließ und uns verriet.
„Sie werden jetzt glauben, die Wölfe sind Schuld.
Ich durfte mich nicht zeigen...“ „Du hast das Mädchen
gerettet. Das zählt. Und wahrscheinlich auch deinen
Stamm. Die Wölfe werden diesen Ort meiden, wenn die
Toten begraben sind.“ „Still!“ Es fielen Schüsse. Wölfe
jaulten und winselten, Hunde bellten. Dann öffnete sich
das Tor. Ms. Meyer und Pater Pedro, der Sue-Ann trug,
liefen nach draußen, der General und ein paar Soldaten
gingen noch mal durch das Reservat, dann brachte man
den toten Jäger und legte ihn in die Nähe des Tipis, er
war in eine Decke eingerollt. Wir stiegen in den engen
und eisigen Keller und schlossen die Luke. Die Soldaten
gingen nur kurz durch das Zimmer. Man sieht nur das,

was man sucht, so blieben unsere warmen Decken und frischen Spuren für sie unsichtbar. Sie hatten keine Hunde bei sich, das war unser Glück. Wir wünschten uns ein Feuer, ein kleines nur, die Decken mussten Flamm' und Glut ersetzen. Wir waren schon zu lange hier, es gab nichts mehr, was zu finden lohnte, alle Antworten wurden gegeben. Morgen vor Sonnenaufgang, der Versuch einer Flucht. Morgen. Bis in die Nacht hinein fielen Schüsse, manche aus der Ferne, manche ganz nah. Doch niemand kam mehr ins Reservat, als sich die Dämmerung über uns legte, gingen wir ins Freie. Wolf näherte sich noch mal dem Jäger, doch es kümmerten sich schon die Krähen um ihn. Er ließ ihnen die Freude am Auspacken, auch wenn er sie gerne dabei unterstützt hätte. Ich fragte Eagle ob sie von Sue-Ann entdeckt wurden. „Nein. Ich denke nicht. Auch wenn ich es mir gewünscht hätte, sie ist doch eine Freundin. Aber sie hat zu uns hinüber gewunken, ich hab darauf aber nicht geantwortet. Stimmt doch Mr. Landon?" „Ich weiß nicht wen sie sah, aber hätte sie uns unter den Lebenden gewusst, wäre sie sofort zu uns gerannt und Pedro davon erzählt." Die Nacht kam schnell, sie trug noch Restschwere des Winters. Heute hielt ich Wache. In eine Decke gewickelt saß ich vor der Tür der Hütte und beobachtete die Sterne wie sie langsam an mir vorüber schritten. Immer wieder war da ein Rascheln, ein Knacken, ein Husten, ein Ausspucken, Gemurmel und der Ruf der Eule. Für ein Zirpen war es noch zu kühl, ich hätte es mir gewünscht, streichelte es doch mein Herz. Irgendwann kam Christopher und

setzte sich zu mir, wir teilten uns unsere Decken.
Seine Wärme füllte schnell den Raum unter unseren
wollenen Hüllen. Zuerst waren es unsere Hände die sich
hielten, dann hielten wir uns, waren Schmetterling in
einem noch geschlossenen Kokon. Ein Kuss ist noch
keine Liebe, aber das was vorausging schuf den Kuss,
der nun die Liebe zu sich rief, damit er Bedeutung
bekam und behielt. Morgen.

Dein Kuss, verborgener Biss,
keiner, der tötet,
einer, der verletzt,
Wunden lässt,
für Heilung,
lass mich an dir gesunden,
damit sich die Narb' als Fehlendes,
zu mir fügt,
damit ich sagen kann,
damit ich fühlen kann,
ich habe gelebt.

Kapitel 8 - Auf den Gipfeln anderes Licht

Wolf stieß mich in die Seite und sein Flüstern war brennend wie ein Schrei. „Wir hätten entdeckt werden können. Ihr liegt da wie ein Liebespaar, während die Schatten der Toten noch wandeln und ein Anderer von Krähen gefressen wird. Ich kann es euch nicht verbieten. Du bist nicht meine Schwester, du bist nicht meine Frau und er ist ein Fremder, den ich bisher achtete. Steht jetzt auf. Ihr habt vergessen mich zu wecken, es waren die Vögel und das erste Sonnenlicht, die deine Aufgabe übernahmen. Sei dankbar, dass sie nicht die Soldaten mitbrachten. Für eine Flucht ist es nun zu spät. Die Soldaten sind schon wieder in den Wäldern unterwegs. Und die Sonne unser Verräter."
Im selben Moment öffnete sich das Tor, wir huschten zurück in die Hütte. Pedro kam mit dem Priester. Dieser Ort war kein sicheres Versteck mehr, ich ärgerte mich über meine Unachtsamkeit, wir trieben auf dem Meer der Gefühle, vergaßen zu rudern und verloren das rettende Ufer. Sie standen um den eingewickelten Leichnam des Jägers und verscheuchten die Krähen, sprachen letzte Worte, ehe jeder von ihnen ein Ende griff und sie ihn zu uns trugen. Wir krochen schnell durch die Luke in den Keller, die Tür war in der Eile nur angelehnt, damit sie kein unnötiges Geräusch provozierte. Die Fußbodenbretter ließen genug Sicht auf das Geschehen, die Jahreszeiten haben kräftig an dem Holz gezogen und feine Spalten geöffnet. Staub und Kies rieselte auf unsere Köpfe, der Jäger lag nun genau

über uns, sein Geruch war unerträglich, die Unterseite
war feucht von der Nacht und den Körpersäften.
Sie sprachen noch einmal Gebete, der Priester wollte
noch einen Blick auf den Toten werfen. „Möge er seinen
Seelenfrieden finden. Er hatte sich Zeitlebens für ein
Gleichgewicht von Mensch und Natur eingesetzt und
wurde letztlich Opfer seines Bemühens. Die Wunde an
seinem Hals scheint mir seltsam, sehen sie, sie wirkt eher
wie ein Schnitt, als ein Biss. Die Bisswunden am Rücken
sind eindeutig. Ich bin kein Arzt und ein Urteil steht mir
nicht zu. Der Bestatter wird sich keine große Mühe mehr
geben, Verwandtschaft und Familie hat er keine,
zumindest nicht hier im Dorf, somit wird man ihn nicht
mehr offen aufbahren, bei den Verletzungen wäre es
auch nicht zumutbar. Ich glaube unsere Arbeit ist getan.
Soll ich sie noch einen Moment alleine mit ihm lassen?
Nein? Gut, stellen sie noch die Kerze vor die Tür,
damit der Bestatter weiß, wo er ihn findet." Ich konnte
Christophers Erregung spüren. Er wäre am liebsten wie
ein Springteufel aus der Luke gehüpft, er war Pedro,
seinem besten Freund so nah, wie schon lange nicht
mehr und doch so unglaublich fern. Als sie den Raum
verließen und sich einige Augenblicke später das Tor
öffnete, stemmten wir uns zu dritt gegen die Luke,
wir mussten nahe an den Toten, den Geruch werden
wir alle nicht vergessen. Er glitt mit einem Poltern zur
Seite. Wir mussten uns beeilen, ehe die Anderen kamen,
womöglich mit Hunden. Die Bäume würden uns diese
Nacht wieder Lager sein. Wir eilten über die hintere
Hütte zurück in den Wald, eine Kutsche kam gerade

über den Hügel und würde sich nun um den Toten
kümmern, den nun alle bedauerten,
weil sie nichts wussten.

Die Bäume unserer letzten Übernachtung lagen zu nah
am Reservat, wir gingen tiefer in den Wald, die Toten
waren noch nicht begraben, vielleicht waren wir ihnen
dies schuldig, vielleicht war dies der Grund, dass sie von
ihrer Familie begraben wurden und nicht von Fremden.
Christopher meinte, morgen sei Gründonnerstag,
ein wichtiger Feiertag, da würden nur Wenige den Weg
hierher finden, ein paar Soldaten vielleicht, die ihren
Dienst taten, wohl aber nur halbherzig, weil sich ihre
Familien, in der Kirche ohne ihrem Beisein, auf Ostern
vorbereiteten. Die Sonne wurde wärmer, zog die
Feuchte aus dem dampfenden Waldboden. Es dauerte
lange bis wir geeignete Bäume fanden, nicht alle standen
nah beisammen. Eagle würde bei seinem Vater schlafen.
Knochenflöte blieb in ihrer Nähe, eine alte Eiche würde
Christophers und mein Nachtlager werden,
sie reichte ihre festen Arme weit hinunter, was einen
Aufstieg Christophers erleichterte. Aber auch den Tieren,
die uns witterten. Wir stiegen bis zu jener Stelle,
wo der Baum sich teilte, Krone wurde.
Dort sammelten sich Laub, Eicheln und Geäst der
vergangenen Sommer und Herbste, es war noch feucht,
ein Nest in einem verborgenen, hölzernen
Trichter. Die Äste begannen gerade zu knospen.
Das Boot in dem wir saßen, steuerte auf den Frühling zu,
wir hatten unser Ufer wieder gefunden.

Auf den Gipfeln anderes Licht,
verborgen, damit es anders bliebe,
jener Blüte Quell,
die anderswo noch im Gedanken stürbe.

Kapitel 9 - Krähen gehen neben mir

Jeder aß auf seinem Baum, wir wollten so wenig Spuren
an unseren Lagern hinterlassen wie möglich.
Wir verständigten uns mit Tierlauten und tranken nur
wenig, so war der Drang das Getrunkene loszuwerden,
gering. Das Nest zwang zur Nähe, der Trichter goss uns
zur Umarmung, zu einem innig Kusse, der an der Hütte
nicht vollendet. Auch wenn uns der Augenblick zu mehr
trieb, wir durften uns kein zweites Mal vergessen,
uns kein zweites Mal in Unachtsamkeiten verlieren.
Immer wieder krochen kleine Waldbewohner über uns
hinweg, nahmen aber kaum Anteil von unserem Hier-
sein, für Mücken war es noch zu früh, sie schlüpften erst,
doch ihre Larven waren schon gewärmt. Es war schön
uns atmen zu hören, die Herzen so nah, dass sie
miteinander flüsterten und wir verstummten um sie
nicht zu stören. Wir spürten wie sich der Nebel auf uns
legte, mit kleinen Tropfen überzog, unsere Gesichter für
die Nacht sichtbar machte, damit sich unsere Blicke
fanden. Eagles Waldkauz war erstaunlich perfekt,
er hätte sich Käuzchen nennen sollen. Er wünschte uns
eine gute Nacht, der Einzige der Männer, der uns heute
noch was zu sagen hatte. Die Vögel waren die Ersten,
sie beschworen den Tag. Ohne sie, gäbe es kein Morgen,
würde alles zu Stein. Irgendwann, wird dies so sein.
Im Winter, wenn sie fehlen, erstarrt alles Leben.
Deshalb die bemalten Steine, damit der große Geist,
der uns weckt, weiß in welchem Stein die Seelen
schlafen. „Ich sah den Scherbenhaufen neben

den Bienenkörben, bei der Hütte, über die wir auf den
Baum kletterten…" Dort schläft der Schnaps.
Christopher runzelte die Stirn. Die wenigsten tranken
den Alkohol, den sie uns brachten, wir benutzten ihn für
Kräuter oder Wunden, den Rest gossen wir ins Feuer,
er belebt blaue Flammen. Manche Flaschen nutzen wir
für Honig, die Scherben für Schmuck. Aber sollen die
Weißen es ruhig glauben, dass wir uns betrinken,
es beruhigt sie. Christopher küsste mich, einfach so.
Seine Lippen waren kalt und er klagte über Rücken-
schmerzen. Kurz darauf ertönte Eagles Ruf, diesmal
der eines Adlers, sie waren wach. Ich freute mich,
mich endlich erleichtern zu können, nicht nur ich.
Dort wo die Männer standen, stieg Rauch in die Höhe.
Wir hatten uns die Beutel gefüllt, mit den Dingen,
die noch essbar waren und nahmen dies nun
gemeinsam zu uns. Wenig Worte nur, Eagle fror und er
wischte sich die tropfende Nase minütlich an dem schon
feuchten Ärmel seines Hemdes. „Sie ließen keine
Schaufeln zurück…" „Dann nehmen wir unsere
Hände, Stock, Axt und Messer, die sind leiser als das
große Eisen."
Als wir uns den Toten näherten, sahen wir auch die toten
Wölfe. Wolf ging zu ihnen und legte ihnen die Hand auf
und zog sie von der Stelle wo die Toten schliefen.
„Fangt schon mal an, am besten dort, wo der Jäger grub,
es sind nicht mehr viele, wir könnten es bis
Abendanbruch schaffen und achtet auf die Wachen,
die immer mal wieder einen Blick in den Wald wagen."
Es dauerte lange bis Wolf zurückkehrte, ich wusste,

dass er den Wölfen das Fell abzog und dann mit
Zweigen und Erde bedeckte, ich meinte ihn auch singen
zu hören, doch vielleicht war es auch der Wind, der nach
Worten für all dies hier suchte. Wir hörten die Kirchenglocken, Christopher hielt inne und entfernte sich eine
Weile von uns. Wolf ließ ihn, Christopher hatte Rituale,
er hatte Rituale, dies akzeptierte er, der große Geist
machte keine Unterschiede. Der Nachmittag nahm uns
dann die Kräfte, einige der Toten rochen so stark,
dass wir Tücher vor unsere Nasen hielten, doch mit
dem Rot der Sonne war der Letzte unserer Brüder und
Schwestern begraben. Plötzlich hörten wir, nicht nur wir,
ein Rascheln und Knacken, auch die Wachen setzten sich
in Bewegung. Wir liefen zu unseren Bäumen die uns das
Nachtlager boten und kletterten auf sie. Unsere Finger
waren vom vielen Graben schon ganz steif und uns allen
fiel das Klettern schwer, vor allem Christopher,
dessen eine Hand, doppelt belastet war, er es sich aber
nicht nehmen ließ, zu helfen. Die Wachen rannten nicht
zu uns, sie rannten auf die andere Seite des Waldes,
dann fiel ein Schuss.

Krähen gehen neben mir,
auch die Schlangen,
auf das Ende eines Traumes, wartend.
Im Walde noch die Schatten,
die uns und unsere Nester bargen,
für die Sterne, ist's zu fern,
kein Bedauern,
wenn etwas Liebe fehlt.

Die Wachen machten sich nicht die Mühe, nachzusehen,
sie begnügten sich mit der Stille und mit der
aufgebrachten Mühe ihren Auftrag zu erfüllen.
Wolf rannte dorthin, wo er sein Totem vermutete.
Wir folgten ihm, doch er bat zuerst Christopher zu sich.
Ich fühlte seinen Schrei,
den er sich wieder in den Unterarm biss.
Dort lag Pater Pedro. Die Wache traf ihn in den Kopf.
Vor ihm lag sein Tagebuch. Christoper nahm es später an
sich. „Christopher, wir müssen gehen, sie werden
bestimmt wieder zurückkehren, bitte…lassen wir die
Toten hinter uns, sie sind bereits in uns."
Wir legten ihn auf die Erde und bedeckten sein Gesicht,
welches nicht mehr Pedro zeigte.
Christopher erfühlte etwas in seiner Hemdtasche,
als er zum Abschied sein Herz berührte.

Kapitel 10 - Bis ich Schatten bin

Der Rückweg begann in der Nacht und endete am
nächsten Tag zur Mittagsstunde. Der Wunsch,
diesen Ort zurückzulassen, ließ uns unsere Müdigkeit
vergessen und beschleunigte unsere Schritte.
Nur Christopher kehrte noch einmal dorthin zurück,
viele Tage später. Wir begleiteten ihn bis ans Ufer des
Berges, den Rest ging er alleine. Er sprach nicht über das
Warum und das Wohin, nur über das Zurück.
Es dauerte Stunden bis er wieder kam, doch nach der
Rückkehr war er ein Anderer. Ich sah ihn nur noch selten
seine Gebete sprechen, er übte sich in unserer
Sprache. Immer öfter klagte er über Schmerzen und
wurde dünner. Der Sommer färbte die Felder bunt und
auf der Anhöhe sammelte sich alle Wärme, die wir im
Winter missten. Der Stamm beriet bei Neumond über
sein Bleiben. „Ich mag dein Haar, vor allem diese
Seite…“ er strich über jene Seite, wo mein Haar wie das
Fell eines knurrenden Wolfes abstand.
„Nehmen sie mich auf? Ich meine, ich bin ein Weißer,
aber keiner der Indianer spielt, wie es die Kinder tun.
Ich verstehe langsam. Ich kannte in London einen
Derwisch, den man für verrückt hielt. Er tanzte durch
die Straßen, als man ihm das verbot, tanzte er in unserer
Kirche, als man ihm das verbot, tanzte er in den
Wäldern. Manchmal traf ich ihn dort, sah, wie sein
weißes Kleid flatterte, er lächelte, über das Warum wollte
er nicht mit mir sprechen. Ich muss, meinte er,
das war alles. Irgendwann war er verschwunden.

Ich weiß so gut wie nichts über ihn und seine
Religion, doch ich kenne Meine und ich spüre wie dort
das Lächeln fehlt, bei euch fand ich es wieder. Folge ich
einer Lüge, wenn es mich lächelt?" Er küsste mir die
Stirn. Dann sagte ich ihm, dass er bleiben und einen
Namen wählen durfte. Er wusste ihn schon sehr früh,
malte er ihn doch auf unseren Stein.

In dieser Nacht kam die Schlange, sie war wohl schon
länger bei ihm. Ihr schwarzer Körper wand sich über
seinen Arm, bis zu seinem Herzen. Er atmete schwer,
doch es blieb immer genug für einen Kuss.
Eines Morgens wurde er ganz leicht, so leicht,
dass ihn die anderen Krähen mit sich nehmen konnten.

Bis ich Schatten bin,
gehen Krähen neben mir,
auf den Gipfeln anderes Licht,
dein Kuss verborgener Biss,
deine Milch ist mir Gift,
wie Schlangenenden,
tanzt der Mohn, rasselt seine Frucht,
der Weizen fasst nach dem Wind,
Sonnengezähmt,
rot die Felder,
die uns beschenkten,
in ausgehungerten Nächten,
mit honigsüßen Mündern.

Auszüge aus dem Tagebuch meiner Mutter,
Ruth Landon

Grün die Felder,
die Saiten rostig und doch singt's Sommerlieder,
die Sterne die mich sehen,
sahen dich,
sah ihr Licht nicht altern,
wilde Blumen,
dort wo meine Hände sind,
sie üben Abschied.
Die Saiten leicht verstimmt,
ich stimme ein,
erreiche nun die Höhen,
die mir verborgen blieben.

Ich bekam keinen Anruf, ich bekam einen Brief,
keinen gewöhnlichen, ein Einschreiben sogar.
Ich wunderte mich trotzdem, dass er mich rechtzeitig
erreichte. Die Harfe schon im Auto und die Landkarte
auf dem Beifahrersitz ausgebreitet, mit einem grünen
Stift eingezeichnet, hunderte Kilometer Landstraße,
die roten Straßen, waren schon vergeben und dienten
nur mehr der Verwirrung. Ein Konzert, morgen,
in einem alten Schloss, das schon Goethe besuchte.

Liebe Yasmeen Landon,

wir laden dich herzlich zu einer Veranstaltung in
unserer kleinen Stadt ein.
Im August dieses Jahres, jähren sich die Geschehnisse an
diesem Ort zum 95ten mal.
Da deine Großeltern Teil dieser Geschichte waren,
würden wir uns freuen, wenn du Teil dieses Festivals
wärst. Unter den Gästen sind u.a. die Nachfahren der
betroffenen Lakota, Schriftsteller, bildende Künstler und
einige international bekannte Musiker, u.a. Patti Smith
und Neil Young, so, dass diese 3 Tage auch eine mediale
Aufmerksamkeit erfahren.
Bitte teile uns so schnell wie möglich deine
Entscheidung (gerne per Fax oder telefonisch) mit.
Den Flug, Unterbringung in einem nahen Hotel und
Verköstigung übernehmen selbstverständlich wir.
Wir bitten dich, bei einer positiven Entscheidung,
ein Programm von ca. 45 Minuten vorzubereiten.
Wir freuen uns auf deine Antwort!

Wider dem Vergessen!

Herzlichst,

Daniel Eagle Thompson

Ich musste mich setzen, nicht nur ob der Namen die ich
dort las, noch mehr war es die Verwunderung wie
Mr. Thompson auf mich kam. Lebte ich doch hier im
fernen Europa, bei meiner Mutter….meine Mutter!
„Freust du dich nicht? Ich finde es ist Zeit, dass du dich
auch mit deinen Wurzeln beschäftigst. Literatur und
Musik, alles schön und gut, aber ohne Wurzeln so
wertlos wie Plastiktulpen." Sie wusste, dass ich
Flugangst hatte, deshalb wählte ich überwiegend
Auftrittsorte, die mit dem Auto oder der Bahn
erreichbar waren. Aber in die USA…, vielleicht sollte ich
auch den Weg nehmen, den mein Großvater, mangels
Alternativen wählte, das Meer. „Jetzt stell dich nicht so
an, sie bezahlen dir den Flug, nicht eine halbe
Kreuzfahrt. Ich soll mitkommen? Und wer passt auf
deinen kleinen Bruder auf? Der hat noch Schulpflicht
und so schnell bekomme ich keinen Urlaub. Das schaffst
du schon, bist ja eine Große. Daniel kennt mich, der ist
mir nicht böse, wir schreiben uns ja regelmäßig.
Das wusstest du nicht? Na, jetzt weißt du es. Auf jetzt,
du hast heute noch einen Auftritt, der Flug geht erst
Übermorgen." Übermorgen?
Ich hatte mich doch noch gar nicht entschieden.
„Du hast jetzt genügend Zeit bei der Fahrt, um darüber
nachzudenken und hey, Neil Young, was gibt's da noch
zum Nachdenken?" Es war zwar eher Patti Smith,
aber das waren natürlich zwei Totschlagargumente.
Ich würde ihr morgen Bescheid geben, eine Nacht
musste ich zwischen meine Entscheidungen legen.

Kapitel 1 –
Die Saiten rostig und doch singt's Sommerlieder

Die riesigen Flugzeuge rangen mir stets ein Staunen ab.
Ein Mensch war nicht im Stande in die Luft zu steigen,
aber diese fülligen, tonnenschweren Geschöpfe.
„Bringst du mir Tri-Klops mit, der fehlt mir noch,
oder einen anderen, aber nicht He-Man, den hab ich jetzt
schon 3x. T R I – K L O P S, Schwesterchen."
„Und vergiss den Brief für Daniel nicht!" Ja, der Brief
und einen Klops für meinen Bruder, aber im Moment
war ich mit anderen Dingen beschäftigt, vor allem mit
der Sorge, ob meine Harfe den langen Flug überstehen
würde, nicht nur die Harfe. Nach einer langen und
einer kurzen Umarmung ging es zum Einchecken
und schneller als mir lieb war, saß ich im Flugzeug.
Die Sonne war noch nicht aufgegangen und so flogen
wir über die zwinkernden Augen einer Stadt im Halbschlaf. Die Flugbegleiterin bot mir ein Sandwich an,
doch mein Magen war noch nicht so weit, rebellierte ob
der Erdverlassenheit. Ich saß am Fenster und blickte auf
die flatternde Tragfläche, was meine Unsicherheit noch
verstärkte. Irgendwann kam die Sonne und enthüllte
unseren Standort. Unter mir die Wolken und über mir
ein unglaubliches Blau, unverstellt und so nah am
Universum, dass mir schwindelig wurde. Ein Lachen
löste sich und im wahrsten Sinne, ein Hochgefühl,
jetzt bekam ich Hunger, das Sandwich drängte den
Hunger sehr schnell wieder zurück, ich begnügte mich
mit einer Banane die ich mir als Notration mitnahm,

ein kluger Gedanke, wie sich herausstellte. Dann das
Meer. Wellen die man nie sehen würde, jagten sich unter
unserem stählernen Bauch, ob sie je ein Ufer sahen,
oder sich noch mal in Stille verwandelten…? Inseln,
verlassene und besiedelte und dazwischen manchmal
etwas Schlaf. Ich musste noch ein Programm
vorbereiten, in 4 Tagen war das Konzert, noch war etwas
Zeit. Wie seltsam es sich in die Vergangenheit schreibt,
ein „war" begleitet sie stets. Wenn ich heute meine
Gedanken über die Reise lese, manchmal habe ich den
Anflug von Nostalgie, dann muss ich schmunzeln,
vor allem über die Empfindungen bei diesem Flug,
der bis dahin der Längste in meinem Leben war
(da ist es wieder) und doch der Kurzweiligste, weil er
mit meinen Erwartungen und meiner Vorfreude
verschmolz und den Gedanken über den Auftritt,
für den ich bis zu meinem Abflug noch keinen Moment
verschwendete. 45 Minuten. Ich musste den Ort auf
mich wirken lassen um zu sehen welcher Song am
besten passen würde. Mit der Unterstützung meiner
Mutter und meines Vaters, der im Irgendwo lebte,
konnte ich meine erste Schallplatte aufnehmen.
10 Lieder, ich hatte natürlich viel mehr im Gepäck,
als ich das Studio betrat, aber das Geld reichte nur für
2 Tage und jenen Song den ich unbedingt spielen
wollte, fand am Ende keinen Platz und keine Zeit mehr.
Im Nachhinein, zum Glück, den Texte hatte ich ganz
schnell wieder verworfen, Verliebtheiten, sollte man
nicht in Worte fassen, Abschiede schon, letztere sind
durchlebte Liebe, Verliebtheiten, eine Süßigkeit.

Die Landung sanft, und pünktlich und surreal,
da ich im Heute losflog und im Gestern landete.

Eigentlich war ich nur 3 Stunden unterwegs,
die Sonne stand noch niedrig und doch verbrachte ich
einen ganzen Arbeitstag im Flugzeug inkl. Überstunde.
Meine Harfe rotierte als erste auf dem Förderband nur
meine Sporttasche verdiente ihren Namen nicht und
kam als eine der Letzten in die nun fast leere Halle.
Ich befürchtete, dass jene Person die mich abholen sollte,
die Geduld verlor und bereits abreiste, doch diese stand
noch tapfer dort, das Schild mit meinem Namen gesenkt,
denn recht viel Auswahl an betreffenden Personen
blieb nicht mehr. „Ms. Landon? Ich frage
sicherheitshalber noch mal, nicht dass ich doch die
falsche Person mitnehme. Kommen sie, geben sie mir
ihre Tasche oder ihren Koffer…die Tasche, ich kenne
keinen Musiker, der anders entschieden hätte.
Ich bin Nelly Schon, aber du kannst mich auch
Nelly nennen. Yasmeen, das freut mich,
dass du so kurzfristig Zeit gefunden hast. Es bedeutet
Eagle wirklich viel. Ich hoffe du hattest einen guten Flug.
Du kannst dich jetzt ein wenig ausruhen, unsere Fahrt
dauert noch ca. 6 Stunden. Keine Sorge wir machen auch
eine Pause, hast du schon was gegessen, du bist ganz
blass, oder ist das die europäische Blässe?
Die Sonne hier, wird sicherlich ganz bald etwas Farbe
aus dir locken. Hier stehen wir, das ist, Weasley,
unser Fahrer. Du hast die Rückbank ganz für dich,
leg dich ruhig hin, wenn du etwas Schlaf brauchst,

aber dann würdest du auch die wunderbare Landschaft
verpassen, ich sag's nur, nicht dass dann Beschwerden
kommen: (mit verstellter Stimme) warum hast du mir
das nicht gesagt." Sie schmunzelte und ich auch,
wie gerne hätte ich mehr gesehen,
aber die Müdigkeit war stärker.

Ein Ruderboot, das auf offenem Meer trieb, ohne Ruder,
aber mit meiner Harfe, darauf zwei Kerzen, eine die
brannte, eine die noch dunkel oder schon erloschen war.
Ich hatte Angst, dass die Harfe sich verstimmte,
ihre Saiten waren von der Feuchtigkeit des Meeres schon
ganz rostig, als ich sie anschlug, rissen die Saiten.

Die Saiten rostig und doch singt's Sommerlieder,
Wunder kommt mit mir,
ihr seid den Träumen voraus,
an meinen Händen lose Zeit,
sie schmeckt blutig.

Kapitel 2 - Die Sterne die mich sehen

„So, aussteigen. Burgerpause." Ich hatte auf der Rückbank geschlafen, ich hatte es nicht vor. Ich sah noch die ersten Häuser die uns aus der Stadt begleiteten, dann kam die vertraute Schwere, die mich im Flugzeug noch mied. Die Raststätte lag an einer staubigen Straße, rundherum Sand, Büsche, und eine hochstehende Sonne, die, sobald man das klimatisierte Auto verließ, ehrlich zu einem sprach. Ich kannte die riesigen Lastwägen nur aus dem Fernsehen oder dem Kino, mancher Kühlergrill dampfte in der prallen Sonne und in den Fahrerkabinen saßen Oberkörperfreie Männer die uns zuprosteten, bevor sie den Motor anließen und in einer Kolonne Staub aufwirbelten. Nicht nur die Größe war faszinierend, auch der Lärm, den sie an uns vorbeidrückten. Kaum waren die Trucks im Staub verschwunden, erschien die Raststätte ziemlich verlassen. „Komm, wir haben noch etwas Fahrt vor uns!" In dem Diner, reichte man uns Kaffee, Bier oder Cola, ich entschied mich für Letztere und einen Burger mit Pommes, welche um einiges größer waren, als die bei mir Zuhause. Ähnlich wie die Lastwägen. Überhaupt, empfand ich mich wie ein Kind in einer Puppenküche. Teller, Gläser, Tische, Stühle, es schien ein Land der Riesen zu sein. Der übliche, anfängliche Smalltalk schwankte irgendwann in persönlichere Geschichten und ich war erstaunt, wie viel sie von meiner Mutter und mir wussten. „Warum Harfe und keine Gitarre?" Diese Frage stellte ich mir selbst häufig,

denn zum Transportieren und Stimmen wären 6 Saiten
wesentlich einfacher als 45. Aber die Harfe sollte es sein,
ganz früh schon. Ein Weihnachtskonzert und eine Pause
die mich an das verlassene Instrument zog, es waren nur
ein paar Töne und der Zauber hatte mich gefangen. Bis
heute.

Die Töne lagen offen, beide Hände durften wie bei
einem Klavier in Tönen wühlen, es gab keine Arbeiter-
hand oder es waren beide. Die Idee sie einmal wie eine
Gitarre, elektrisch zu verstärken, reizte mich sehr.
Das „Wie" war mir noch Geheimnis und auch die
Stunde, aber das „Ob" war schon beantwortet.
Wir waren schon an der Tür, als ein junger Mann auf uns
zulief, er löste sich aus einer Nische, die uns während
unseres Besuchs verborgen blieb. „Könnt ihr mich bis in
die nächste Stadt mitnehmen?" „Eigentlich ist das Auto
schon voll…" Ich meinte, was mir im Nachhinein ein
wenig forsch erscheint, dass bei mir noch Platz wäre.
Da der Mann auch relativ schmal war, wäre Platz nicht
das vorherrschende Problem. In dem Moment fing ich
mir einen grimmigen Blick von Weasley ein.
„Einen Moment ich muss mich kurz mit unserem Fahrer
kurzschließen…" Nelly wandte sich mit Weasley ab und
diskutierten laut flüsternd, so dass das Ergebnis,
noch vor ihrer Rückkehr bekannt war, aber der junge
Mann nicht mitbekam. „Hi, ich bin Dhafer. Ich wollte
eigentlich keine Probleme veranstalten, also, ich kann
auch die Nächsten fragen…" „Geht klar. Hast du viel
Gepäck? Nur die Tasche. Passt. Du sitzt bei mir vorne.
Die Damen sitzen auf der Rückbank."

Die Sterne die mich sehen,
sind auch die Deinen,
verschwinden mit meinem Wimpernschlag,
während du noch auf sie blickst,
sie hältst,
auf dem dunklen Teppich,
der stets die Nacht für seine Wege wählt.
Sie gehen erst,
wenn sich unsere Augen schließen,
dorthin, wo wir uns wenden,
wenn wir an Sterne denken,
die dem Traume nicht entspringen.

„Es ist gefährlich alleine zu reisen…" „Ich habe keine Angst, so Gott will, geht es gut." Dhafer erzählte von seiner Reise per Anhalter…"das Ziel ist dort, wo ich gebraucht werde" „Und was sagt deine Familie, braucht sie dich nicht?" Dann begann ein Schweigen. Kakteen rückten näher und die Sonne begann sich allmählich zu neigen, sie fühlte sich nicht mehr veranlasst an meiner Hand zu enden, die ich schützend über meine Augen legte. Weasley versuchte das Schweigen mit dem Radio zu übertönen, das gefühlt mehr Werbung als Musik brachte. Ich mochte die Musik, die zwischen den Werbungen und einem Grundrauschen lief, sanfte Folksongs, die wie die Kakteen und Büsche der Wüste und den Feldern entsprungen waren, herangerückt, um von der Weite und Unberührtheit zu berichten, die sich zu verbergen wusste. Selten kam Gegenverkehr, noch seltener eine weitere Raststätte.

Aber die staubigen Felder wandelten sich in belebte Ebenen, der Wind strich bald über Weizenfelder und erste Farmen wiesen auf Städte. „Lasst mich einfach in der nächsten Stadt raus…" Weasley ließ sich dies nicht zweimal sagen und sobald mehr als 3 Häuser und ein paar Geschäfte erkennbar waren, ließ er Dhafer aussteigen. „Danke, euch, eine gute Reise noch, möge Gott euch behüten." Dann schloss er die Tür, winkte und war bald eine Silhouette im aufgewirbelten Staub. „Religiöse Spinner, gibt es hier leider zu Hauf, ich habe das Gefühl, es werden immer mehr.
Alles geht den Bach runter, kein Wunder, wenn ein Schauspieler Präsident ist, Filme sind wie Träume, schmeichelhafte Lügen." „Ach komm Weasley, warum bist du heute so pessimistisch, wir haben hier eine junge Frau zu Gast, hast du sie schon vergessen?"
„Ist die noch da, ich dachte die ist mit dem Spinner vorhin ausgestiegen, weil sie meine schlechte Laune nicht ertrug…" Dann mussten wir alle schmunzeln.
Es dauerte noch bis Sonnenuntergang, bis wir unser Ziel erreicht hatten. Das letzte Rot des Tages, zog lange Schatten aus dem kleinen Städtchen, ein Banner war über die Haushälften gespannt und kündete das Festival an, welches als undeutlicher Stempel auf den Briefkopf gepresst war, mit so viel Tinte und leider auch so hastig, dass es auch der Betriebsstempel eines Autohauses sein konnte, die Kreise, erwiesen sich nicht als Räder sondern als Trommeln. Jetzt war ich beruhigt, zwischenzeitlich hatte ich schon den Verdacht einem Betrügerpärchen aufgesessen zu sein, die mich in der Wüste verschwinden ließen, während meine Mutter,

Tränenüberströmt, just in diesem Moment,
einen weiteren Brief mit ausgeschnittenen
Zeitungslettern und einer gewünschten Summe, öffnete.
Ich hoffte, die Summe sei einigermaßen angemessen.

Kapitel 3 – Sahen dich

Wir hielten vor einem Hotel Namens „Wheeler's",
Nelly half mir beim Gepäck, während Weasley am Auto
wartete. „Wir sehen uns morgen, keine Angst, so schnell
bist du mich nicht los." Er grinste und zündete sich eine
Zigarette an, auf die er höflichkeitshalber während der
ganzen Autofahrt verzichtete. Ich winkte ihm zu,
er nickte kurz und schrieb irgendwas mit seinen
Cowboystiefeln in den Kies. „So jetzt haben sie es
erstmal geschafft, ganz schön lange die Fahrt, nicht
wahr, aber jetzt haben sie erstmal Zeit für etwas Schlaf,
schlafen sie so lange wie sie wollen, auf ihrem Zimmer
ist ein Telefon, eine Karte von mir liegt daneben, rufen
sie mich einfach an, wenn sie gefrühstückt haben,
das Frühstück hier, ist ein Gedicht! Schön, dass sie hier
sind, das sagte ich zwar schon, aber ich meine es noch
immer! Eine gute Nacht und wenn sie etwas brauchen,
fragen sie an der Rezeption, es gibt sicher noch
Abendessen, welches übrigens auch ein Gedicht ist. Bis
morgen." Sie umarmte mich kurz und stieg wieder zu
Weasley ins Auto. An der Tür stand schon eine Frau in
meinem Alter und half mir mit dem Gepäck.
„Ms. Landon? Wie schön, dass sie hier sind. Kommen
sie. Wir kümmern uns um ihre Koffer. Zimmer 8 im
ersten Stock, einfach nur die Treppe rauf, den Gang
hinter, auf der rechten Seite, das vorletzte Zimmer.
Frühstück und Abendessen gibt es gleich hier gegenüber
der Rezeption, genau, da sind auch schon ein paar Gäste,
dass werden die nächsten Tage auch noch ein paar mehr
werden. Machen sie sich erstmal etwas frisch,

kommen sie an, warmes Essen gibt es bis 11,
Frühstück ab halb 7. Und wenn sie etwas brauchen,
einfach kurz Anläuten, Durchwahl ist die 1, oder sie
schreien kurz die Treppe runter, entweder ich bin da
oder meine Geschwister. Ich bin übrigens Kristin.
Hi.“Als ich die Tür öffnete, standen die Koffer schon im
Zimmer. Ich öffnete sogleich den Koffer meiner Harfe,
sie hatte die Reise Augenscheinlich gut überstanden
und auch die ersten Töne schienen vertraut, wenngleich
durch die Temperaturschwankungen etwas verstimmt.
Eigentlich war ich zu müde für ein Essen, der fettige
Burger war trotz der wenigen Bewegung bereits verdaut,
wahrscheinlich ob der Aufregung, ob ich jemals irgendwo ankommen würde. Ein halbe Stunde später, saß ich
unten an einem Tisch, mit einem Kärtchen mit meinem
Namen darauf, der wie so oft, leider falsch geschrieben
war, so wie die britische Hauptstadt. Aber ich beließ es
dabei, irgendwie hatte ich mich damit schon
angefreundet und London war ja auch eine schöne Stadt,
mit einem seltsamen Prinzen und einer Prinzessin die so
gar nicht zu ihm passen mochte, meine Mutter las
ständig in irgendwelchen Klatschblättern über die
Beiden und teilte mir alle Regungen und Aufregungen in
diesem und anderen europäischen Königshäusern mit.
Ich war im Bilde, mehr als ich eigentlich mochte. Nur
wenige Gäste saßen noch an ihren Tischen, ich bestellte
einen Salat mit etwas Brot. Mir gegenüber saß ein älterer
Herr mit einem üppigen Schnauzbart und vielen Ringen
mit Türkisen und diese, ich kenne das Wort dafür gar
nicht, Westernkrawatten, zwischen dem Hemdkragen.
Seine Frau wirkte etwas dezenter gekleidet, aber mit

einer üppigen Hochsteckfrisur und einem roten Kleid
mit Puffärmeln. Sie nickten mir zu, ich nickte zurück.
Der Mann hat eine tiefe Stimme und wenn er lachte, ließ
dies sogar die Kerzenflamme vor mir tänzeln. Der Salat
war wirklich sehr lecker und als ich zahlen wollte meinte
Kristin nur, dies sei schon erledigt.
Ich wollte mir noch ein wenig die Beine vertreten
„…wir haben hier ganz nette Bars und sogar ein kleines
Kino…ach ja stimmt, die Beine vertreten, nicht schon
wieder sitzen, aber du bist ja noch einige Tage hier,
die bringen echt ganz nette Filme, im Moment läuft
sogar „die Farbe Lila" und „der letzte Zeuge" und
natürlich „Zurück in die Zukunft", nachts aber eher so
heftiges Horrorzeugs, da bin ich dann raus. Wunder dich
nicht über die vielen Indianer und Cowboys hier,
manche kommen hier tatsächlich in Kluft für das
Festival. Die wenigsten sind wohl echte Cowboys oder
Indianer, wären es wahrscheinlich gerne." Ich fragte sie
nach einem Spielzeugladen, ich musste ja noch einen
Klops besorgen. „Oh Gott diese Muskelmänner?
Mein kleiner Neffe liebt die Dinger auch. Ja etwas
außerhalb der Stadt ist eine Mall, die haben die in Hülle
und Fülle, aber auch einen tollen Plattenladen, wenn du
dort hin möchtest, sag Bescheid, ich kann in der Mittags-
pause gerne mit dir dort hinfahren, sind nur 10 Minuten
von hier. Ja? Klar, gerne, nichts zu danken. So ich muss
jetzt wieder, einen schönen Abend dir und verlauf dich
nicht. Eine Stadt sollte man erst bei Tag gesehen haben,
ehe man in der Nacht durch sie streift." Das Hotel lag
in einer Straße, wie man sie aus amerikanischen Filmen
kennt. Kleine Familienhäuser mit großen Garagen und

Vorgärten ohne Zaun.

Die meisten waren noch beleuchtet und ich ging die
Straße hinab, die irgendwann vor einer Brücke endete
unter der ein kleiner Fluss plätscherte. Hinter der Brücke
befand sich eine stattliche Villa vor der ebenso stattliche
Autos standen, bewacht von stattlichen Männern,
die tagsüber wohl Sonnenbrillen trugen. Ich ging noch
ein paar Schritte über die überdachte Brücke, dies zog
sofort die Aufmerksamkeit der Herren in Schwarz
auf sich. Jetzt erst bemerkte ich die Kameras über mir,
versteckt zwischen einem komplizierten Balkengewirr.
„Sorry Lady, aber hier endet ihr Weg, Privatgrund."
Ich winkte kurz mein Einverständnis und machte kehrt.
Wahrscheinlich hatte man bei der Planung dieser Straße
einen Spiegel in die Mitte der Straße gestellt und die eine
Seite 1:1 auf die andere Straßenseite übertragen,
ab der Hälfte des Weges konnte ich nicht mehr sagen,
gehe ich gerade auf die Villa zu oder befinde ich mich
schon wieder auf dem Rückweg. Ich spürte den herauf-
ziehenden Schwindel. Jene, die mich aus
irgendeinem der perfekt symmetrischen Fenster
beobachteten, meinten wohl eine Betrunkene zu sehen,
die von einer Laterne zur Nächsten wie Fred Astaire
tänzelte um den Kontakt zur Welt nicht in Gänze zur
verlieren. Mich in einer Geraden zu verirren, welch ein
unmöglicher Gedanke, der mir noch mehr Schwindel
bereitete, ich ging weiter, wie diese rosa Maus in dem
Cartoon, auf dem Miniplaneten, der sich unter ihren
Füßen drehte bis sie am Ende wieder vor ihrem Haus
stand. Irgendwann wurden die Abstände der Laternen
unregelmäßiger und die Vorgärten unordentlicher,

so dass sich die Seiten wieder voneinander
unterschieden. Vielleicht war es heute einfach zu viel
Welt, die an mir vorbeizog, darauf konnte mein Geist
nicht mehr vernünftig antworten. Ich war froh, als ich
wieder am Hotel ankam und es irgendwie auf mein
Zimmer schaffte, wo ich umgehend einschlief.

Die Wüsten sahen dich
und schmissen Staub,
alles was ihnen blieb,
alles,
dem Bräutigam und der Braut,
die stets an ihrer Seite gingen,
die Blumen schon am Anfang des Weges,
am Ende nur mehr sie selbst.

Kapitel 4 - Sah ihr Licht nicht altern

Ich hatte gestern nicht einmal mehr meine Jeans
ausgezogen, ich war froh, dass ich es zumindest noch
aus den Schuhen schaffte. Bei Tageslicht wirkte das
Zimmer wie ein anderer Raum. Vor mir ein Fenster mit
Blick auf den Garten, rechts ein großer Schrank und links
ein Bild mit einem Wald und irgendwas Weißem davor,
ich konnte es vom Bett aus nicht genau erkennen.
Keine Ahnung wie spät es war, ich trug nie eine Uhr,
auf meine Innere, war stets Verlass, doch hier, mit den
zig Zeitverschiebungen, stolperte der Stunden-Kuckuck
mit einer ähnlichen Birne, wie ich gestern Abend auf
dem Rückweg. Vielleicht hatte ich irgendwas Falsches
gegessen, etwas, was heimlich schon gärte. Ich machte
mich frisch (die Dusche befand sich auf dem Flur) und
ging nach unten. Eigentlich müsste ich meine Mutter
noch anrufen. Später. „Ms. Landon? Ich bin Kirk, hallo.
Noch ein Frühstück oder schon das Mittagessen.
Wie spät? Wir haben es jetzt genau 11:10 Uhr. Sie haben
noch die Wahl." Ich entschied mich für das Frühstück,
ein starker Kaffee würde mich hoffentlich wieder
ausrichten, in welche Richtung auch immer. Eigentlich
wäre mir nach dem Frühstück wieder nach Schlaf
gewesen, aber ich wusste, dass mich Nelly schon
erwartete. Ich rief sie kurz an, in 10 Minuten stünde sie
vor der Tür. Vielleicht sollte ich noch schnell bei Mutter
anrufen, aber ein „schnell", würde es bei ihr nicht geben.
„Wieder bei Kräften? Sehr gut, die wirst du die
nächsten Tage auch benötigen. Ich würde sagen,

wir gehen zuerst auf's Festivalgelände, dort ist auch das Museum…gestern hast du wahrscheinlich nicht mehr viel gesehen. Nur die Villa, ja, darin wohnt ein Baulöwe, der mit der Stadt sonst sehr wenig zu tun hat, außer, es finden Festlichkeiten statt, dann lädt er, was Rang und Namen hat und präsentiert seine Stadt, er hat ihr schließlich ihr Gesicht gegeben, ein sehr blasses und gleichförmiges wie ich finde, aber, wie so oft, wir werden nicht gefragt." Wir gingen einen Hügel hinab, die Bühne war kaum zu übersehen. „Sie steht auf dem Museumsgelände, früher stand hier das Reservat, man kann noch die Umrisse des Holzzaunes sehen, der hintere Teil, der jetzt von der Bühne verdeckt ist, ist noch erhalten. Der Wald den du dort hinten siehst, der grenzte einmal bis an das Museumsgelände, wir können froh sein, dass sie die Felder nicht bebaut haben, da biss sich der Baulöwe die Zähne bei den Stadtbewohnern aus. Aber er lauert, sobald einer der Alten stirbt, ist er der Erste der mit einem Kondolenzsträußchen und mit einem Aktenkoffer vor der Türe steht. Noch überwiegt die Vernunft und nicht die Gier. Solange es den Menschen einigermaßen gut geht, haben sie auch keinen Grund zu verkaufen, aber die Jungen ziehen in die großen Städte und der Stadtkern stirbt aus, deshalb auch unser jährliches Festival, damit etwas Geld in die Kassen und Bewusstsein in die Köpfe gespült wird. Das ist noch altes Indianerland und das wird langsam rar, weil die Löwen lauern. Die Bisons haben sie schon gefressen, Puma, Wolf und Bär in die Berge vertrieben und die Landesersten…ach du weißt es ja selbst. Aus der Nähe

wirkt die Bühne gar nicht so groß, oder? Durch den
Wald und die Berge, braucht es auch keine großen
Verstärker, die Akustik ist hervorragend. Komm,
im Museum werden wir schon erwartet."
Das Museum fand seine Heimat in einer alten Kirche,
ich glaube es war einmal eine, zumindest deutet der
hölzerne Turm darauf hin. Vor dem Museum stand ein
hölzerner Häuptling in Lebensgröße und eine Kanone,
auf der zwei Kinder turnten, während der Vater mit dem
sonnenverbrannten Nacken Fotos knipste.
Eine Türglocke kündete unser Kommen. „Ah Nelly und
unser musikalischer Gast aus Europa, nehm ich an.
Ich bin Thomas, hallo. Betty löst du mich ab, Nelly ist
jetzt da…." Betty kam aus der Hintertür und reichte mir
die Hand, die sie sich vorher noch an ihrer Hose
trocken wischte. „Entschuldige, ich hab gerade die
Tassen gewaschen, möchtet ihr Kaffee…später? Gerne!"
Also, das hier ist die dunkle Perle dieser Stadt,
keine auf die sie stolz sein müsste, aber sie ist nun mal
da und irgendwie ernährt sich die Stadt von ihr.
Nelly und deine Mutter haben dir sicher schon ein
bisschen was erzählt. Also hier stand bis weit ins
20te Jahrhundert ein Reservat, heute würde man es wohl
eher als ein bewachtes Lager mit missionarischem
Anspruch bezeichnen. Dein Großvater kam hier her,
um missionarische Hilfe zu leisten, die einheimische
Bevölkerung, war damit gänzlich überfordert, Lehrer
und Priester kümmerten sich um die eigenen Leute,
so holte man sich Hilfe von missionarischen Orden meist
von Übersee. Das schreckliche Blutbad von 1890 jährt

sich nun zum 95mal und dieser Ort ist sein Zeuge.
Und wir sollten nicht schweigen. Der Ort ist noch am
Leben und einige Menschen die damals dabei waren
ebenso. Wart ihr schon bei Eagle? Er ist bestimmt bei den
Proben. Er ist jetzt stolze 98 Jahre. Man möchte es kaum
glauben, wenn man ihn mit den jungen Künstlern sieht,
naja, da sind auch alte Künstler dabei, aber sie sind alle
jünger als er, da durchlebt er noch einmal einen
Frühling." Der Bereich vor der Bühne war bestuhlt und
dort saß als einziger, ein älterer Herr mit einem
eindrucksvollen grauen Zopf, der über die Lehne seines
Stuhls hing, ein Stock mit einem silbernen Rehkopf
lehnte neben ihm. „Eagle, Eagle?" Er schien Thomas
nicht zu hören. „Nelly ist jetzt da, mit Roter Feders
Enkelin, Yasmeen." In diesem Moment drehte er sich
um…Nelly meinte leise zu mir, er hört nur das,
was er hören möchte…Als sich Eagle auf seinem Stock
aufrichtete, war er gefühlt zwei Köpfe größer als ich,
wahrscheinlich war er als junger Mann noch größer.
Er sah mir lange in die Augen. „Du hast die Augen
deiner Großmutter und die Nase deines Großvaters.
Du bist ganz schön zierlich, sorgt deine Mutter gut für
dich?" Da musste er lächeln, er hatte keinen Zweifel,
dass sie gut für mich sorgte. Wie beschreibt man das
Gesicht eines 98 Jahre alten Mannes, dessen linkes Auge
blind und Sonne, Wind und Staub tiefe Furchen
hinterlassen haben, wie sie es auch bei alten Bäumen
oder Felsen taten, sie meißelten das Gesicht nach der
Häufigkeit ihrer Besuche, bis sich alle Besucher darin
verewigten.

Das linke Auge hatte wahrscheinlich zu viel gesehen,
das Andere wollte sehen wie es weitergeht, die Ohren,
wie so oft bei alten Menschen, groß und der Rücken
leicht gekrümmt, die Schritte langsam aber bestimmt.
„Ja, der Eagle ist ein alter Vogel. Meine Augen nicht
mehr die Besten, aber die Ohren meine Liebe,
meine Ohren, die sind besser als in meiner Jugend,
als ich die Welt noch mit den Augen eroberte.
Deshalb höre ich jetzt alle Spielfehler, ich hoffe du hast
dich gut vorbereitet!" Dann setzte er sich zurück auf
seinen Stuhl, Nelly wollte noch etwas sagen, doch er hob
die Hand. Dann begann der Mann auf der Bühne mit der
Gitarre zu spielen und sang dazu. Neil Young! Ich wollte
mich dazusetzen doch Nelly und Thomas zogen mich
weiter. „Ihn wirst du noch öfter hören, wir haben dir
noch nicht alles gezeigt, die Zeit ist kurz…hast du dich
schon bei deiner Mutter gemeldet?"

In den Felsen,
Windgesichter,
in den Bäumen,
Sonnengesichter,
erlaubtest Küsse,
erlaubtest Schläge,
ich sah sie altern,
nur ihr Licht blieb
unberührt,
geschliffen,
auch ich,
dein Gesicht in Meinem.

Kapitel 5 - Wilde Blumen

Die Wolken zogen wie Planwägen, ich hoffte, dass sie
keinen Regen brachten. „Nein Regen bringen sie keinen,
heute nicht, morgen auch nicht, vielleicht einen
Tornado, aber dann ist das so. Sollen wir?"
Kristin schnappte sich die Autoschlüssel und wir
sprangen in ihren Jeep. „Mittag ist es jetzt
wahrscheinlich bei dir Zuhause, aber jetzt ist es ok.
Mein Bruder ist ja da und bei dem hab ich mehr als eine
Sache gut. Warst du schon bei Eagle? Kannst du mit
ihm? Ich meine, er ist schon ein wenig kauzig, das war
er anscheinend schon immer, Kauz hätte besser als Adler
gepasst. Aber er tat viel Gutes für die Stadt, ohne ihn
wären wir ein riesiger Betonklotz in einer Wüste. Er ist
geduldig, unglaublich geduldig, das ist seine Stärke,
98 Jahre geballte Geduld, ein ewig kreisender Adler,
aber wenn er sich auf eine Sache stürzt, dann ist dies
schon tausendmal durchdacht. Brauchst es dir gar nicht
erst bequem zu machen, wir sind gleich da. Wo war ich,
ach ja, das ewige Duell Adler gegen Löwe, wird wohl
der Löwe für sich entscheiden. Nelly hat dir sicher schon
von ihm erzählt, der ist einige Jahre jünger, das ist jetzt
ein Vorteil, aber Gott weiß, wie die Geschichte endet,
wir sitzen nur am Bühnenrand. So, da sind wir schon.
Soll ich mitkommen, ja, doch, das ist so riesig hier,
ich glaube da bist du wahrscheinlich überfordert und ich
will mein Guthaben bei meinem Bruder nicht
überstrapazieren. Wollen wir mal sehen ob wir den, wie
sagst du, Klops, für deinen Bruder finden. Stiefbruder?"
Ich erzählte ihr von Elijah, den mein Stiefvater mit in

die Familie brachte und dann dort ließ,
als er eine neue Frau kennen lernte und noch mal Vater
wurde. Die Figur war schnell gefunden und noch
irgendein Gefährt mit einer Keule. Dann fuhren wir
zurück und die Planwägen fuhren enger, schlossen sich
zu einer Mauer, die weit hinter die Berge reichte.
„Keine Angst, es wird nicht regnen. Wenn du möchtest
können wir heute Abend zu den Proben gehen, oder
probst du heute selbst?" Proben gerne, aber was.
Ich hatte noch immer nichts vorbereitet, besorgte lieber
Klops und Keule, als mich meiner eigentlichen Aufgabe
zu widmen. Ich behielt eine Zusage noch bei mir,
überließ es dem Moment mit seinen unzähligen
Möglichkeiten und verabschiedete mich mit buntem
Plastik in einer noch bunteren Tüte.

Es dämmerte bereits als ich mein Zimmer betrat und das
letzte Licht auf das Bild mit dem Wald fiel. So sah der
Wald vielleicht einmal aus, ich mochte es, wenn Kunst
eine Tür in die Vergangenheit öffnete, mehr noch als
Fotografien, die stets etwas unheimliches hatten,
als würden sie Teile der Seele einbehalten, zum Tausch,
in einem teuflischen Handel, für ein bisschen
Zeitlosigkeit, ich konnte die Ureinwohner verstehen,
wenn sie der Fotografie skeptisch gegenüberstanden.
In der Mitte des Bildes war etwas Weißes, es war so
undeutlich gemalt, oder bereits von einem so dichten
Firnes überzogen, dass es mir nur eine Ahnung hinterließ. Ich setzte mich mit meiner Harfe vor das Bild und
entlockte ihr ein paar Klänge und für einen Moment

meinte ich, dass sich der weiße Fleck auf
dem Bild bewegte.

Ich stand in Mitten eines Weizenfeldes, kaum älter
als der Traum, der es schuf. Ein Sturm bog die wilden
Kornblumen, ohne sie zu brechen, ohne sie zu pflücken,
er kreiste über die Bühne und schüttete allen Regen über
mich, den er gesammelt hatte, ich lächelte,
denn ich saß ja in einem Boot mit meiner Harfe. Auf ihr
zwei Kerzen, beide erloschen. Ich schrak auf, mein Herz
viel zu schnell und ich wusste nicht einmal genau
warum. Es war noch tief in der Nacht, es zirpten
Grillen und irgendwo quakten Frösche und von
demselben Irgendwo ertönte eine sanfte Gitarrenmelodie
unter die sich das Summen einer Mücke mischte. Ich bin
wohl vor dem Gedanken die Fenster noch zu schließen
eingeschlafen und bot den kleinen Vampiren ein großes
Willkommensfest. Ich sprang auf, schloss es, machte
Licht und war erschrocken ob der Vielzahl der
geladenen Gäste, die sich schon merklich an mir bedient
hatten, vor allem an den Fingern, die nun langsam im
Juckreiz zu einer groben Vorzeichnung einer Hand zu-
rückreiften. Ich versuchte die Moskitos unter ein Glas zu
schieben was mir nur leidlich glückte. Rote Tupfer wollte
ich in einem fremden Zimmer auch nicht hinterlassen,
es schien, als hätten meine Vorbewohner damit keine
Probleme, denn die Wände waren von den
unsanften Toden noch unberührt. So setzte ich mich
lauernd zurück auf's Bett, meinen Zipper bis zur Nase
hoch- und die Hände weit in die Ärmel hineingezogen.

Die Wärme und mein Schweiß lockte sie wohl noch mehr, erst als die ersten Vögel erwachten, hielten sie inne, wussten um die Gefahr die vor dem Fenster lauerte und ich glitt in den Teil des Schlafes der noch nicht ganz aufgebraucht war.

Nach dem Frühstück, das heute Kristins jüngere Schwester Carol servierte, ging ich hinab zur Bühne, meine Harfe geschultert und mein Gesicht rot gepunktet, als wäre ich über Nacht wieder zu einem Teenager mutiert. Eagle saß wie gestern, vor der Bühne nur diesmal war jemand neben ihm, der ihm ständig ins Ohr flüsterte und beide zu einem Lachen lockte, während eine junge Frau sich an einem Piano um Konzentration mühte. Meine Anwesenheit schien erst von Interesse, als die Pianistin die Bühne verließ. „Jetzt du. Ich bin ganz Ohr." Neben ihm saß ein älterer Herr, der wahrscheinlich auch schon in den 60ern war. „Das ist T-Bone, mein Sohn." Er erhob sich kurz und reichte mir die Hand. „Er ist auch Musiker und war lange Zeit Musiklehrer, was für ein Schwachsinn, aber er beherrscht sein Instrument, du errätst nicht welches, na los rate mal…" Ich konnte eigentlich nur verlieren, denn die beiden waren gerade wie zwei kleine übermütige Katzen, die sich gegenseitig einen Wollknäuel zukickten. Gitarre? Beide glucksten. „Rate weiter…du kommst nie drauf…" Schlagzeug… "Ha, du und Schlagzeug, die Arschtrommel vielleicht…" Harfe? Dann wurden beide still. „Die Dame hat den Jackpot. Ja, er ist Harfenist bei den Philharmonikern." Ich ging auf die Bühne

und borgte mir den Klavierschemel. „Komm näher,
da hinten können wir dich nicht sehen." Ich rückte fast
bis an den Bühnenrand und begann zu spielen.
Die ersten Töne glückten noch und von dort an misslang
beinahe jeder Versuch, mein Instrument zum Singen zu
bringen. Meine Finger waren so angeschwollen, dass ich
kaum die richtigen Saiten anschlagen oder greifen
konnte. Eagles Bruder stand auf und ging. „Was ist los
mit dir? Nervös?" Ich zeigte ihm meine Hände.
„Die haben dich ja ganz schön gern. Hast du sie
wenigstens bestraft? Nicht? Sehr gut. Warum sollte man
sich sorgende Mütter bestrafen. Komm mit, ich kenn da
etwas." Er stützte sich auf seinen Stock und stöhnte auf,
ich versuchte ihm zu helfen. „Lass mal. Kümmere dich
um die Harfe, pack sie lieber in den Koffer und nimm sie
mit. Hier sind auch ein paar Elstern unterwegs."
Uns kam T-Bone entgegen, er hatte sich ein Bier geholt.
„Wir sind gleich wieder da, halt uns schon mal die Plätze
warm." Wir gingen in eine Hütte neben dem Museum.
„Kennst du all die Geschichten von hier? Hast du Rote
Feder, oder Ruth, wie ihr sie nennt, noch erlebt, nicht?
Schade. Aber die Geschichten kennst du, sehr gut, sehr
gut. Deine Großmutter war unsere Heilerin, sie hatte das
Talent wohl mit in die Wege gelegt bekommen.
Ihre Eltern kamen aus Irland, ihren Vater, ein talentierter
Maler, der seine Rechnungen oft mit Bildern bezahlte,
hatte man wegen Hexerei verurteilt und gehängt,
ihre Mutter setzte Ruth im Wald aus und wurde von
unserem Stamm gefunden, was mit ihr geschah
wissen wir nicht und Ruth erinnerte sich kaum an sie.

Die roten Haare hatte sie übrigens von ihrem Vater,
keine Ahnung wie lange sie alleine im Wald verbrachte,
aber sie hatte überlebt, sie kannte die Beeren und
Kräuter und Wurzeln und das Wissen hat ihr wohl das
Überleben gesichert. Uns sie kannte ein wundervolles
Mittel gegen diese lästigen Stechmütter…" In einem
Regal mit Geschirr und Tabakdosen, wo Briefumschläge
dazwischen steckten war irgendwo auch eine
Zuckerdose. „Ich glaube die ist in den Jahren nach
hinten gewandert, mich mögen die Moskitos nicht mehr,
wahrscheinlich bin ich zu zäh geworden. Kannst du…
ja dort müsste es sein, danke. So, lass dich nicht von der
Farbe und dem Geruch abschrecken, ich muss das jetzt
noch mit etwas Alkohol anrühren…nimm ruhig Platz,
hier kannst du die Harfe schon abstellen. Eine Elster
traut sich zu keinem Adler." Nach ein paar Minuten kam
er mit einer stark riechenden Paste zurück, die er auf
eine Untertasse platziert hatte. „Die im Gesicht, lassen
wir aus, sonst meinen die Leute noch, du hättest eine
ansteckende Krankheit, aber deine Hände sind jetzt
wichtig. Genau, sei nicht sparsam und dann müssen wir
es noch trocknen lassen. Wirst sehen, in einer Stunde
spielst du wie ein Engel für den Herrn. Über wen
möchtest du noch etwas wissen, jetzt hast du die
Gelegenheit. Warum sie deinen Großvater haben so viel
klettern lassen…?" Er musste laut lachen. „Das musst du
irgendwann deine Großmutter selbst fragen, ich glaube
sie wollte ihn testen und mein Vater noch dazu, der ihn
ja erst nicht leiden konnte. Ob er verliebt war?
Nein, meine Mutter hätte das gerochen und er hätte

keine Freude an dem geheimen Gedanken gehabt.
Olivia. Ja, die hatte es nicht leicht, ich sah sie nicht mehr,
ich las Jahre später etwas über sie in der Zeitung,
sie stach einen ihrer „Wärter" nieder und flüchtete,
tauchte unter und heiratete einen berühmter
Jazzmusiker und verstarb leider sehr früh an Drogen,
aber auf dem Bild habe ich sie erkannt, ihr sanftes Wesen
blieb selbst nach all den Jahren erhalten, ein gutes Foto,
ich hab es dann verbrannt, das Gute sollte wieder zurück
zu ihr. Nein ich mag keinen Jazz, das macht mich ganz
hibbelig, aber den Blues und mein Sohn, brachte mir
die Klassik nah. Kennst du die Moldau? Ein großartiges
Stück, man kann den Fluss spüren. Sue-Ann? Ach Gott
ja, die war ähnlich verrückt wie ihre Mutter, die wurden
später aus der Villa vertrieben, keine Ahnung warum,
von wem und wohin, aber irgendwann waren sie weg.
Sue-Ann kam als Erwachsene wieder, wir haben sie
kaum wieder erkannt, die ist richtig rund geworden und
nannte sich nun Medium, sie war Kopf einer
spiritistischen Sekte, man hat ihr irgendwann auch die
Betrügereien nachgewiesen und sie wieder aus der Stadt
gejagt, aber sie setzte sich für den Schutz der Wölfe ein,
da war sie eine der Ersten, deshalb möchte ich gar nicht
schlecht über sie sprechen, sie hatte es als Kind nicht
leicht, aber wer von hier hatte das schon. So genug
Gestern, die Paste ist auch getrocknet, sehr gut.
Nicht abwaschen. Wir gehen jetzt wieder hinaus und
dann einfach abbröseln…bloß nicht hier in der
Wohnung, das Zeug krieg ich nicht aus dem
Teppichboden." Wir gingen zurück zur Bühne,
wo T-Bone schon auf uns wartete.

„Das ist mein Sohn, wärmt uns in der prallen Sonne die
Plätze, ...hab uns noch was zum Trinken mitgebracht.
Die Kleine wird dich nicht enttäuschen, versprochen.“
Ob ich es tat oder nicht tat, ich weiß es nicht. Aber die
Schwellungen waren verschwunden und ich spielte
und sang was mir ins Herze schoss:

Wilde Blumen,
auf einem Silbertablett,
ich sah ihre Himmel
und wie sehr er sich um sie mühte,
jetzt wo sie gepflückt
und sich zu ihm welken,
keimt zwischen goldenen Feldern,
neues Glück.

Kapitel 6 - Dort wo meine Hände sind

Eagle gab mir auch etwas zum Räuchern mit und dies
schien die hungrigen Mütter zu anderen Quellen zu
treiben. Wieder ertönte in der Nacht,
die Gitarrenmelodie doch diesmal gesellte sich eine mir
bekannte Stimme dazu. Wortlos doch das Herznahe
Summen, verriet mir ihren Namen, 1 Tag noch bis zum
Auftritt. Ich hatte noch bis spät in die Nacht geübt,
hier in dem Hotel war es sogar erlaubt und wohl auch
erwünscht, so störte ich hoffentlich niemanden.
Es schien mir fast so, als antwortete die Melodie aus der
Ferne auf die von mir Gespielte. Ich spielte meine
Akkorde erneut und kurze Zeit später ertönte die
Antwort mit zweierlei Stimmen. Unsere Melodien
näherten sich immer weiter an, die Zeit zwischen den
Antworten wurde kürzer, bis es ein einziger Fluss ohne
Fragen, ohne Antworten war, der durch die Nacht bis
in die frühen Morgenstunden floss. Und ich begann zu
schreiben, bis sich die Vögel in meine Zeilen
hineinbewegten und sie an ein Ende führten. Mutter!
Ich hatte sie noch immer nicht angerufen. Jetzt wäre es
mitten in der Nacht, da würde sie sich nur sorgen.
Ich schob es auf den Nachmittag, schrieb es mir auf die
Hand, deren Schwellungen nicht wiederkehrten,
es blieben nur kleine rote Tupfen übrig,
wo Rüssel nach Quellen suchten.

Heute startet das Festival und Morgen hatte ich meinen Auftritt. Draußen hörte man schon erste Autos parken, der Bus eines TV-Senders wendete vor dem Hotel ehe er die Richtung hinunter auf das Festivalgelände einschlug. Ich bin mir sicher, jene, die nach unserer Musik endlich in den Schlaf fanden, schreckten jetzt wieder auf und er blieb nicht das einzige Gefährt mit derselben ausufernden Geste Richtung Festival. Ich zog mich an und ging hinunter zum Frühstückssaal, der auch schon erste frühe Vögel beherbergte. Kristin freute sich mich zu sehen und brachte mir gleich einen starken Kaffee, den sich hier die meisten, der anwesenden Gäste wünschten. „Heute schon so früh? Hast du heute deinen Auftritt? Morgen. Weißt du schon wann? Sag mir auf jeden Fall Bescheid, den möchte ich nicht verpassen. Und den von Neil Young natürlich auch nicht, der spielt auch morgen. Patti Smith spielt heute und Joy Harjo liest. Eagle hätte sich auch Joni Mitchell und Bob Dylan gewünscht, aber die waren leider schon gebucht, stell dir mal vor, was dann hier los gewesen wäre. Sind die Hotels doch auch im Umland jetzt schon ausgebucht. Spontane Gäste können etwas außerhalb von hier zelten, ein Shuttle-Bus bringt sie dann hier her. Die Felder unten bei dem Reservat sind Naturschutzgebiet und heiliges Land. Kannst du heute noch mal proben? Ah, verstehe, umso besser, dann kann ich dir hier zuhören, hab heute den ganzen Tag Schicht. Ach ja, Nelly hinterließ noch eine Nachricht. Sie erwartet dich heute um 10 beim Museum und guck mal, dein VIP Ausweis, nicht schlecht oder. Den hätte ich auch gerne, wir können zwar kostenfrei zu den Konzerten aber hey, hinter die Bühne, wo es

spannend ist, dürfen wir natürlich nicht. Wann fliegst du
eigentlich wieder zurück, Übermorgen schon? Oh das
ist Schade. Ich hätte dir die Stadt gerne ohne den ganzen
Trubel gezeigt, aber vielleicht hast du ja morgen nach
dem Auftritt noch Lust was Trinken zu gehen. Ja?
Ach schön, da freue mich! Jetzt erstmal einen schönen
Tag dir, ach ja der Kaffee…kommt sofort!"

Nelly wartete schon, blickte nervös auf die Uhr obwohl
ich pünktlich war. „Da bist du ja. Hat dir Kristin nicht
Bescheid gegeben? Halb 10, hier am Museum? 10 Uhr?
Die jungen Leute…ärgerlich und Kristin besonders,
ist nicht das erste Mal, dass sie mich hängen lässt.
Aber du bist da, das ist gut. Weasley ist mit den Anderen
schon mal vorgegangen. Wir werden sicher noch auf
sie treffen. Also ich zeig dir das Gelände, den Ausweis
hast du? Prima. Den wirst du ab heute, für fast alles hier
gebrauchen müssen, quasi deine Amex Platinium für die
nächsten Tage."

Auf der Bühne hielt T-Bone eine Begrüßungsrede,
hinter ihm stand ein Kinderchor und am Klavier saß
die junge Frau von gestern. Das Mikrofon war leicht
übersteuert und fiepte bei den ersten Sätzen, was T-Bone
noch mal zum Anfang seiner Rede zwang. „Erde an
Yasmeen, hast du mir zugehört? Also hier kannst du
dein Instrument bis zum Beginn deines Auftritts
abstellen, der Teil ist gut bewacht, du weißt ja,
die Elstern und so. Ich weiß, das ist jetzt alles ein
bisschen viel, wenn du nachher noch Fragen hast,
die Mitarbeiter hier sind alle gebrieft und können dir

sicher helfen. Das wars auch schon, ah da ist Weasley, der ist auch gerade durch. Perfektes Timing. Ach so, das Wichtigste zum Schluss, dein Auftritt ist morgen um 14:30 und Abfahrt zum Flughafen ist dann in der Früh um 4. Kristin bereitet uns noch Sandwiches, dein Flug geht dann am Abend um…keine Ahnung, wann genau, aber wir werden rechtzeitig da sein. Jetzt wünsch ich dir eine gute Zeit hier, Weasley warte…"

Der Kinderchor klang furchtbar schief und trieb mich erst mal außerhalb des Geländes. Die Kamerateams und Fotografen taten ihren Job, auch wenn das Publikum noch eher spärlich auf den vielen Stühlen und Bänken verteilt war, die Linsen würden sicher einen anderen Eindruck vermitteln. Ich ging Richtung Wald, der sich hinter dem Festivalplatz befand. Neben mir strich der Wind durch ein Hüfthohes Weizenfeld und ich war froh, als der Kinderchor wieder das Wort an den Wind über-gab. Die Sonne stand schon hoch und ich spürte wie sich meine Nase und meine Wangen rot färbten. Als ich den Wald erreicht hatte, legte sich ein kühlender Schatten über mich. Auf der Bühne stand jetzt wohl ein Dichter, dessen Worte und ihre Bedeutung sich hier verloren. Nicht fern vom Waldesufer befanden sich zwei Gedenksteine, darauf die Namen von jenen, die hier ein grausames Schicksal fanden. „Was treibt dich hier her?" Für einen Moment dachte ich, ich wäre die Nächste die sich dort auf dem Stein finden würde. Eagle stand an einem Baum gelehnt und blickte ebenfalls auf die Steine. „Nein mir sind das zu viele Menschen, das ertrag ich nicht, T-Bone weiß das, er ist da anders,

eigentlich sollte ich die Eröffnungsrede halten, aber er
macht das bestimmt ganz gut. Was tust du hier?
Die Stille, sehr gut. Ja, die findet sich hier oft in
erdrückenden Mengen. Ich wünschte, jene die dort
liegen, würden sie durchbrechen. Manchmal, hör ich
sie singen, doch die meiste Zeit schweigen sie, vielleicht
auch gut so, sonst haben wir uns später nichts mehr zu
erzählen. Das ist blutige Erde sagen viele, noch bevor
sie jemand weihte, war sie geweiht. Verstehst du, hier ist
niemand verloren und doch macht es mich traurig,
jeden Tag. Als junger Mann kam ich wieder aus den
Bergen und blieb in der Stadt bis zum heutigen Tag um
auf sie hier aufzupassen, was ich als Kind nicht
konnte, es war meine Pflicht, es ist meine Pflicht.
Aber ich merke, dass ich dieser Pflicht bald entbunden
werde. T-Bone hat andere Stärken, er ist kein Wächter,
er war nie verheiratet und hat keine Kinder, seine Musik
ist sein Kind. Meine Linie endet mit ihm und mein
Stamm zog weiter, manchmal besuchen sie mich, aber sie
haben andere Orte um die sie sich kümmern.
Möchtest du mich ablösen? Du musste jetzt nicht antworten, auch nicht morgen, lass dir Zeit, es gibt so viele
Löwen die auf meine Ablöse lauern, nicht nur der
Offensichtliche in seiner Villa, die anderen zwangen sich
in Vogelkleider, das sind die Gefährlichen. Ich geh jetzt
mal wieder zurück, bevor sich meine Trabanten sorgen
und der grausame Chor ist ja zum Glück verstummt.
Sprich leise mit ihnen, die Löwen lauern, vor allem in
den Schatten."

Dort wo meine Hände sind,
blutige Erde,
kein Regen wusch sie zurück
in ein unschuldig Lächeln,
die Felder nebenan flüstern,
wollen die Schlafenden nicht wecken,
sie würden zu viel erzählen,
sie würden zu viel erzählen.

Kapitel 7 - Sie üben Abschied

Sie flüsterten, das Laub zitterte unter ihren Worten,
ich wusste nicht was ich antworten sollte. Dies übernahmen ein paar Krähen die über den Bäumen kreisten.
Mich zog es tiefer in den Wald, der mir vertraut erschien.
Die Mittagssonne versuchte vergeblich einen Weg durch
das dichte Geäst zu finden. Kleine Lichtmosaike
bezeugten ihre Erfolge, die dies mit Tänzen krönten.
Von der Bühne drang ein tiefer Bass bis tief in den Wald,
vielleicht war es aber auch das uralte Summen dieses
Ortes, der sich selbst in einen heilenden Schlaf sang,
damit die Wurzeln irgendwann nicht mehr in blutige
Quellen reichten. Für einen Moment meinte ich am
anderen Ende des Waldes etwas Weißes bemerkt zu
haben, was dort von Baum zu Baum schlich. Vielleicht
war es ein Reh, oder…ob es hier noch Wölfe gab?
Dieser Gedanke zwang mich zur Rückkehr. Mit jedem
Schritt zurück, schälte sich aus dem Brummen,
eine Melodie die ein Bass zupfte, dann fügte sich ein
Schlagzeug hinzu und Gitarren und am Ende ein
Gesang, von einer mir vertrauten Stimme.
„People have the Power". Ich rannte. Doch als ich
ankam, verließen die Musiker unter Jubelchören
gerade die Bühne. Es war kein Durchkommen möglich,
die Menschen standen, die meisten auf den Stühlen,
dicht gedrängt mit Zugabe Rufen, obwohl dies wohl
schon die dritte Zugabe war. Der Wunsch wurde nicht
erhört. Das Publikum stieg von ihren Stühlen und
drängte zu den Toiletten oder zu den Ständen, wo es

nach Gegrilltem duftete.

Ein älterer Herr kam auf die Bühne, seine Hemdsärmel
über die Ellbogen gekrempelt, einen Stapel Zettel in
beiden Händen und trat vors Mikrofon, er wusste,
dass niemand im Publikum saß und trotzdem fing er
an zu lesen. Ein Gedicht, folgte dem Nächsten, beinahe
atemlos hastete er durch seine Zettel, als sich die ersten
Interessierten setzten, hielt er inne und ging wieder von
der Bühne. Ich ging zu ihm und fragte warum er
aufhörte, ich fand seine Zeilen ungewöhnlich schön,
wenn auch etwas gehetzt. „Ich hasse es vor Publikum zu
stehen und zu lesen, aber die wollten mich haben,
meine Arbeit ist getan. Die Kameras hielten mich fest,
dort ist mehr Publikum, als diese hundert oder
dreihundert Menschen, die mich nur beunruhigen,
bitte entschuldige mich, ich muss zum Bus. Sie haben
dir gefallen? Hier nimm." Er drückte mir seine Gedichte
in die Hand und verschwand in der dichten Menschen-
menge die sich am Ende des Geländes um ihr leibliches
Wohl sorgte. „Ein seltsamer Kerl, aber ein
hervorragender Dichter. Ich hab ihn gehört und die ihn
sehen wollten auch, wir standen am linken Bühnenrand,
er sah uns nicht, aber wir ihn. Er gab dir seine Gedichte?
Halte sie ihn Ehren, normalerweise verbrennt er sie noch
auf der Bühne oder zerreißt sie und wirft sie ins
Publikum, nachdem er seine seltenen Lesungen,
meist mit dem Rücken zu den Hörenden, gehalten hat."
Ich frage ihn nach seinem Namen. „Ja, der ist das…das
möchte man kaum glauben, aber du hast es gerade selbst
erlebt. Hast du meinen Vater gesehen?"

Ich fand es befremdlich, wenn ein schon sehr alter
Mensch nach seinen Vater fragt, ich erzählte ihm von
meiner Begegnung im Wald mit ihm. „Bist du sicher?
Den Wald meidet er. Er ist sonst kein ängstlicher
Mensch, aber vor der Geschichte des Waldes…hat er
einen beinahe abergläubischen Respekt. Wenn du ihn
noch mal siehst, schick ihn bitte ins Museum,
dort sind ein paar Reporter, die ihn
sprechen möchten, danke dir, wie heißt du noch…
Yasmeen…ich erinnere mich, wie der Tee.“

Ich ging zurück ins Hotel. Zu viele Menschen, zu wenig
Musik und die Enttäuschung Patti nicht gesehen zu
haben. „Warum bist du nicht zu ihr hinter die Bühne?
Du bist doch VIP, schon vergessen?“ Kristin, hatte Recht,
doch auf den Gedanken bin ich in dem Moment nicht
gekommen. „Ach, bitte sei mir nicht böse, dein Bruder
rief gestern an, ich hab das bei all dem Trubel ganz
vergessen…“ Ich merkte wie mir eine Zornesröte ins
Gesicht stieg, ohne ein Wort lief ich auf mein Zimmer
und rief bei meiner Mutter an, es ging nur der Anruf-
beantworter ran. Ich weiß nicht, wie oft ich es versucht
habe, wie oft ich denselben Satz hinterließ, der mit der
Durchwahl zu meinem Zimmer endete. Es müsste jetzt
Mittag dort sein, warum meldet sich niemand…warum
meldete ich mich nicht. Ach ich vergaß es selbst.
Bei all dem Neuen was mich umgab, verdrängte ich das
Alte, Gewohnte, Gewöhnliche, Selbstverständliche…
Ich blieb auf dem Zimmer. Ich versuchte die drückende
Ungeduld mit Notenleitern zu durchbrechen, es gelang

nur bedingt, an Melodien oder gar Gesang war nicht zu
denken. Meine Gedanken kreisten und wie der Dichter,
hätte ich mich gerne mit dem Rücken zu ihnen gestellt.
Warum mein Bruder und nicht meine Mutter? Irgendwas stimmte nicht. Noch immer fehlte mir ein Text und
eine Melodie, welch nichtige Probleme. Irgendwann
klopfte es an der Tür. „Darf ich reinkommen? Yasmeen?
Bitte, es tut mir Leid. Das war nicht meine Absicht.
Im Moment ist einfach…Bist du noch da?" Zögernd,
öffnete ich ihr. „Danke….Es tut mir Leid…wirklich,
das passiert mir im Moment so oft, ich glaube ich
brauche Urlaub…meine Eltern sind schon längst über
die Berge und haben mich und meine Geschwister mit
all dem zurückgelassen. Alt-Hippies, noch mal von
vorne anfangen, irgendwo in Kalifornien, wir können
jetzt selbst für uns sorgen, ob wir das hier wollen oder
nicht…interessiert sie nicht, aber meinen Großeltern und
Ur-Großeltern Zuliebe macht man es halt dann doch,
die Löwen sollen es nicht bekommen. Jetzt rede ich von
mir, konntest du deinen Bruder schon erreichen? Nicht.
Er wird sich sicher noch mal melden. Ich sagte ihm auch,
dass du gerade viel zu tun hast…Nein, um was es ging,
sagte er nicht. Aber wäre es etwas Schlimmes, dann hätte
er es doch gesagt, oder nicht? Willst du nicht derweil
aufs Festival gehen und dich etwas ablenken, ich komm
dich auch sofort holen, wenn er sich meldet,
versprochen! Wirklich. Ich kann verstehen, wenn du jetzt
sauer bist und mir eben nicht vertraust, aber ich bin
normalerweise nicht so, wie du gerade von mir denkst.
Was meinte Nelly? Diese…ich sags besser nicht.

Das ist so eine intrigante Person, man munkelt,
dass sie mit dem Löwen in Verbindung steht, nimm dich
in acht vor der. Weasley ist ein Guter, aber leider
ziemlich naiv und wohl auch ein bisschen in sie verliebt
und somit wunderbar zu manipulieren.
Neil Young würde gleich spielen. Ja er spielt morgen
auch, aber er würde dir gut tun. Nicht? Ach komm
schon, wie oft wirst du ihn noch sehen? Aber mach
wenigstens das Fenster auf, vielleicht kannst du ihn
dann zumindest hören.“

Meine Tränen,
sie üben Abschied,
sind Vertraute und doch so eigen,
wissen um der Seele Wölbung,
die mich gerade stolpern lässt.

Kristin brachte mir das Essen auf's Zimmer, setzte sich
ein paar Minuten zu mir und wir lauschten gemeinsam
Neil's Songs. Sie berührte im Hinausgehen meine Hand
und ich hätte ihre gerne gegriffen, für etwas Halt,
der mir entglitten war. Um 9 trat sie ein, ohne zu klopfen
„dein Bruder, er ist bei Freunden, hier ist seine Nummer,
er möchte nicht, dass es zu teuer wird,
das ist vielleicht ein Lieber, deiner Mutter geht es gut,
hat sich wohl den Fuß gebrochen…aber das erzählt er
dir wohl besser selbst. Die Kosten übernehmen natürlich
wir. Du kannst von hier aus telefonieren,
einfach die 0 vorwählen.“

Kapitel 8 - Die Saiten leicht verstimmt

Meine Mutter stürzte, fast klassisch, auf der Treppe und
brach sich den Knöchel und das leider so kompliziert,
dass sie einige Tage im Krankenhaus bleiben musste.
Ich sprach mit den Eltern von Elijahs Freund, die mir die
Durchwahl zu ihrem Krankenzimmer gaben.
„Wie schön, dass du dich auch mal rührst, muss ich
mir erst den Fuß brechen, damit ich mal von dir höre?
Mädchen, du bist doch sonst nicht so. Du bist noch keine
Mutter und kannst meine Sorge vielleicht nicht
nachvollziehen, aber Ungewissheit ist zwar kein
tödliches, aber sehr schmerzhaftes Gift. Gefällt es dir
denn? Hattest du deinen Auftritt schon und konntest du
mit Eagle sprechen? Ich glaube, das ist von all den
Dingen das Wichtigste. Geht es ihm gut und hast du
ihm den Brief gegeben?" Den Brief. Ich hatte ihn ganz
vergessen...Zwischen Erleichterung, Trotz und Einsicht
versuchte ich ein Gespräch aufrecht zu erhalten,
ich klang bestimmt nicht freundlich, musste mir aber
auch eingestehen, dass ich gar keinen Grund für eine
Verstimmung hätte, denn alle Kritik war berechtigt.
Ich erzählte ihr von Eagle und dies schien die Situation
merklich zu entspannen. „Morgen also, weißt du schon
was du spielst, auch mein Lieblingsstück? Nicht?
Ich finde das gar nicht kitschig, da sind viele ältere
Menschen, die auch etwas fürs Herzen brauchen,
bitte mir zuliebe, quasi als Wiedergutmachung,
versprochen? Ja? Ich werde es irgendwann im Fernsehen
sehen und dein Versprechen nachprüfen!"
Irgendwann plänkelte das Gespräch aus, ich glaube

Kristin war beruhigt, dass ich ihre Leitung nicht im
Übermaß strapazierte. Eigentlich wollte ich Ma's
Lieblingsstück nicht spielen, aber so ließen sich die
45 Minuten immerhin mit 5 Minuten füllen, vielleicht
flüchteten sich nach „Loveloser/Lovebringer" auch so
viele Zuhörer hin zu den Würstchenständen, dass dieses
Stück ausreichte und mir weitere Angstschweißperlen zu
ersparen. „Alles ok bei deiner Ma? Ah, doch nur der Fuß,
Gott sei Dank, aber was heißt „nur", schlimm genug.
Du bist ja morgen wieder Zuhause, über deine Hilfe ist
sie sicher Dankbar. Das mit dem Drink wird wohl nichts
mehr, oder?" Eigentlich hätte ich nach dem Tag etwas
Schlaf gebrauchen können, aber gegen ein Bier war auch
nichts einzuwenden. Wir trafen uns 20 Minuten
später am Parkplatz und gingen die Hauptstraße
entlang, beide Seiten lockten mit blinkenden,
grellen Werbetafeln um Aufmerksamkeit, die Musik von
der Bühne war dort noch immer zu hören,
nicht wenige genossen das überwältigende Abendrot für
einen Spaziergang mit Blick auf einen scheinbar
endlosen Highway. Bar, Diner, Bar, Kino, Tankstelle,
Motel, Supermarkt. „Was springt dich an? Ich lade dich
ein. Hast du noch Lust auf einen Burger, im Diner gibt es
auch tolle Eisbecher. Ja?" Als wir eintraten, wars als
würde Marty McFly dort bereits auf uns warten.
Der Film lief hier schon einige Wochen, ich hatte das
Gefühl, ich befände mich schon mittendrin. Alles sah aus
wie in den 50ern, zumindest wie ich sie aus den Filmen
kannte, nur das kein James Dean, Marlon Brando oder
Elvis hier am Türrahmen lehnte, sondern ein

Pappaufsteller von „Zurück in die Zukunft".

Die Bedienung mit einem Diadem aus Pappe und dem Namen des Diners begrüßte uns freundlich und reichte uns Speisekarten so groß wie die Gesetzestafeln von Mose. Meine Überforderung konnte ich nicht verbergen.

„Nimm das, das nehmen alle, ich bin mir auch gar nicht sicher, ob die anderen Dinge darauf überhaupt existieren. Hier nehmen alle nur das, was alle nehmen und den Fremden empfiehlt man, was alle wählen. Die eigentliche Speisekarte passt wahrscheinlich auf die Serviette. Sind die nicht hübsch? Ich wünschte unser Hotel könnte sich auch solche leisten, das Logo sieht fast wie gehäkelt aus. Willste eine zur Erinnerung mitnehmen?" Da tippte mir jemand auf die Schulter, Kristin und ich erschraken im Dominoeffekt. Hinter mir stand Dhafer. „Hey, so klein ist die Welt. Du bist wohl auch nur am Burgeressen, sieht man dir gar nicht an."

„Kennst du den?" Ich nickte und bat ihn bei uns Platz zu nehmen, das Angebot schien nicht im Sinne Kristins zu sein, denn ihre Stimmung veränderte sich merklich. Ich erzählte von meinem Auftritt hier in der Stadt und er erzählte von seinem abenteuerlichen Weg hier her.

„Du, ich muss dann auch wieder zurück, ich kann meine Schwester nicht so lange alleine lassen, ich sag ihr, sie solls anschreiben. Ja? Schon ok. Einen schönen Abend euch noch und morgen viel Glück bei deinem Auftritt, ich hab ab morgen Mittag wieder Schicht."

Sie sprach noch mit der Bedienung und verließ dann ziemlich überstürzt das Diner. „Oh, ich wollte nicht stören. Ich glaube die war jetzt ziemlich angefressen."

Dhafer aß Kristins Eisbecher, der mit Meinem serviert
wurde, bestand aber darauf ihn zu bezahlen.
„Warum bist du hier? Ich meine, die Stadt kennt
niemand, läge sie nicht auf meinem Weg, ich wäre ihr
wohl nie begegnet. Du spielst Harfe? Also, so eine wie
die Engel, oder wie Orpheus? Und das wollen die
Leute hier hören? Die hören so was vielleicht mal an
Weihnachten in der Kirche, aber auf einem Festival?
Find ich toll, dass man dich eingeladen hat. Ich? Bin ein
Reisender. Wohin? Hast du mich das nicht schon mal
gefragt? Immer dorthin wo die Sonne aufgeht, irgendwann bin ich dann da. Ich bin Tänzer. Nein keinen
Walzer und auch keinen, wie nennen die das hier, Square
Dance. Ich tanze mit dem Universum, solange, bis ich
das Meine spüre. Das ist eigentlich alles. Nein Geld lässt
sich damit nicht verdienen. Möchte ich auch nicht. Du
bist Christ oder? Dann kennst du vielleicht das
Gleichnis von den Vögeln, die sich nicht um den
nächsten Tag sorgen. Irgendwie ging es bisher immer
weiter. Solange Gott möchte, dass ich den nächsten Tag
erlebe, tanze ich für ihn und er sorgt für mich.
Die Eisbecher sind echt riesig, da hätte einer für uns
beide gereicht, puh. Ich zieh dann auch mal weiter, ähm,
soll ich dich noch zurück begleiten. Ich mein,
deine Begleitung ist ja jetzt…du findest selbst zurück?
Ok. Dann, viel Freude dir morgen bei deinem Auftritt
und vielleicht sehen wir uns ja wieder mal in einem
Diner." Dann stand er auf, zahlte den Eisbecher und
verließ das Diner. „Darf's noch was sein?
Deine Freundin hat schon bezahlt, also das

ginge dann auf deine Rechnung. Nicht?
Isst du noch, oder …ok, dann räum ich mal ab…
ja dir auch.“

Das verwaschene Rot des Abends war dem klaren
Schwarz der Nacht gewichen. Die Werbetafeln schienen
jetzt noch greller. Der Rückweg kam mir schweigend
länger vor, als der mit Plaudereien gefüllte Hinweg.
Nur selten rauschte ein Auto vorbei, oder ein Motorrad,
mit jedem Schritt wurde die Musik etwas deutlicher,
die sich vom Festival davonschlich. Eine E-Gitarre jaulte
und ein Saxophon jaulte auf seine Weise dazu.
Zwei Wölfe die denselben Mond anheulten.
Eine große Müdigkeit strömte in mich und ich trank in
großen Schlucken. Dann trat eine Frau auf die Bühne
und ihre Gedichte drangen durch alles Ferne.
An der Rezeption stand Kristins Bruder, er grüßte
freundlich und ehe ich noch weitere Gedanken verlor,
wurde das Bett meine ersehnte Zuflucht.

Die Saiten leicht verstummt,
und doch erkenn ich die Melodie.
Der Mond zieht an meinem Schatten,
irgendwann löst er ihn,
wie ein totes Haar,
das mit dem Wind davongetragen.

Kapitel 9 - Ich stimme ein

Das Boot knarzt wie eine alte Scheune, auf deren hölzernen Treppen und Leitern man nach oben steigt um sich dann ins Heu fallen zu lassen. Die beiden Kerzen auf der Harfe brennen und ihre Flammen wiegen sich im Rhythmus der Wellen. Ich versuche mich meinem Instrument zu nähern, doch jeder Versuch lässt das Boot wanken und zerrt an den Flammenköpfen. Ich muss doch gleich auf die Bühne. Sie ist doch nur 2 Armlängen entfernt. Ich setze vorsichtig einen Fuß vor den anderen, doch mein Vorhaben wird bemerkt und bestraft, löscht die erste Kerze, die Wellen antworten harsch, werfen die kleine Schale zwischen ihren Händen hin- und her. Alleine der Gedanke an den nächsten Schritt trennt den zweiten Flammenkopf von seinen wachsweichen Schultern, die Wellen heben das Boot auf meiner Seite an, noch bevor ich die Harfe zu greifen bekomme, gleitet sie ins Wasser. Ich springe hinterher. Der Versuch sie zu halten zieht mich mit ihr nach unten auf den sandigen Grund. Wie ein Anker findet sie dort Halt, ohne zu kippen. Ich zerre an ihr, doch der Anker lässt sich ohne das Schiff nicht lösen. All mein Mühen wird durch das Wasser gebremst, jeder Fausthieb ist dort unten ein Streicheln. Da nähert sich ein Schwarm Fische und streift ihre Saiten, ihre Schuppen entlocken ihr einen zungenlosen Gesang, immer wieder machen sie kehrt und schwimmen durch die Stäbe des einseitigen Käfigs und mit jeder Berührung vibrieren die Saiten und ziehen noch mehr Fische, die mir die Sicht versperren,

eingehüllt in einem Wirbel aus silbernen Häuten ertönt
ein uralt Lied, welches Jahrtausende wartete um
endlich zu erklingen…als ich die Augen öffnete,
schritt die Sonne schon durch das Zimmer, vermaß es für
die kommenden Stunden. Doch der Himmel wog schon
etwas Grau in seiner anderen Hand. An der Rezeption
stand wieder Kristins Bruder, während ihre Schwester
Carol den Frühstücksbereich übernahm. „Nein, Kristin
kommt erst mittags wieder. Kann ich dir vielleicht
helfen? Nein einen Anruf gab es nicht, du hast heute
deinen Auftritt oder? Die Künstler die ihren Auftritt
haben, dürfen sich etwas zu Essen wünschen, wann
hast du ihn, ich meine, jetzt am Vormittag, nachmittags,
abends? Willst du etwas Bestimmtes zu Mittag?
Ja das klingt wie nach Henkersmahlzeit, ist aber nicht so
gemeint, die Meisten, haben vor einen Auftritt eh keinen
Appetit, aber manche fühlen sich bei ihrer Lieblings-
mahlzeit am sichersten. Tomatensalat und Pommes?
Ok, geht klar, aber nicht jetzt oder?" Wir mussten beide
lachen, Appetit hatte ich im Moment tatsächlich
keinen, aber ohne Essen würde ich den Auftritt auch
nicht durchhalten.

Auf der Bühne fand eine Podiumsdiskussion statt,
die sehr energisch geführt wurde, immer wieder von
dem Feedback der Mikrofone unterbrochen,
weil jemand seine Meinung mit Lautstärke unterstrich.
Es ging um Pipelines und Indianergebiet, auf der Bühne
saß auch der Löwe. In einem schwarzen Anzug und
einem schwarzen Hut, die Beine lässig übereinander

geschlagen. Aber ich konnte Eagle nicht entdecken.
Ich klopfte an seine Tür, ich spürte wie sich die alten
Holzbretter unter mir bewegten und sein Kommen
ankündigten. „Na, du konntest wohl auch nicht schlafen,
das Wetter schlägt um. Mein Kopf ist heute ein riesiger
Bienenkorb, ich bin ganz froh, dass im Moment gerade
keine Musik dröhnt. Ja, die haben mich gestern leider
noch gefunden, die Reporter, aber wohin soll ich schon
flüchten und naja, ich hab das Ganze ja auch angezettelt,
dann muss ich es auch ausbaden. Komm doch rein oder
wolltest du etwas Bestimmtes? Setz dich, möchtest du
einen Kaffee? Du hattest gerade, verstehe. Ich schenk mir
mal ein. Bist du schon nervös? Musst du nicht. Erzähl,
was führt dich zu mir? Die Frage haben mir tatsächlich
die Tage schon einige gestellt, du arbeitest aber nicht für
eine Zeitung oder so? Wie kann man singen und tanzen
wo so viele Menschen ihren Tod fanden…ich hab mir
diese Frage, ehrlich noch nie gestellt. Sag mir eine Stelle
auf dieser Welt, die noch nicht mit Tod und Leid und
Blut durchweicht ist. Wir tanzen auf den Gräbern der
Vergessenen, so wie sie es schon taten. Jedes Jahr wird
es schlimmer, Kriege, Naturkatastrophen, Epidemien…
nicht nur Menschen verlieren ihr Leben, auch all die
Tiere, die Großen und die Kleinen, wohin sollen wir
unsere Füße noch bewegen, was sagte Jesus…"lasst die
Toten die Toten begraben…" Ich kann nur für meine
Toten hier sprechen, ich sag dir, die tanzen und singen
mit uns und wie sie tanzen! Komm, ich muss dir was
zeigen…" Wir gingen nach draußen zu der alten Kirche.
„Du bist noch jung, ich komm da nicht mehr drunter,

lass dich von dem Müll da unten nicht abschrecken, achte auf die Wand, was siehst du?" Durch die Stufen fiel zum Glück genügend Licht um zu sehen, was Eagle meinte, auf einen der unteren Balken der Kirchenwand, waren die Namen derer eingeritzt, welche die Kirche erbauten, unter anderem auch der Name von Pedro und als letzter Name darunter, der von Sue-Ann, welcher in nur groben Lettern dort verewigt war. „Siehst du, was ich meine? Kannst wieder raus kommen, ehe du noch ganz eingestaubt wirst, der Wind ist gerade nicht freundlich. Alle Namen die dort stehen, sind lange schon vergessen, du, ich, kennen vielleicht noch ein paar von denen, darüber laufen jeden Tag hunderte Füße, das war mal ein geweihter Ort, jetzt ist darin ein Museum und ein Souveniershop mit allerlei Plunder. Verstehst du? Die diskutieren immer noch, gut. Ich leg mich noch ein paar Minuten auf's Ohr, bevor hier wieder der Lärm losbricht, wann bist du auf der Bühne, ich stell mir mal besser den Wecker, mein Schlaf wurde mit den Jahren immer tiefer, aber zum Einschlafen, meine Güte, bedarf es schon die halbe Nacht. Aber die Worte hier, sind seit Jahren dieselben, die sind meinem Schlaf schon Freund." Er hob die Hand zum Abschied und ging zurück in seine Hütte.

Was der Tomatensalat zuviel an Salz hatte, fehlte den Pommes, ich musste mich zwingen, dass überhaupt etwas meinem trocknen Mund hinunter glitt. Der Wind, der vorhin noch die Treppen der Kirche kehrte, wagte sich nun an die anderen Häuser der Stadt und rüttelte an

deren Fenster und Türen. Ich hatte gehofft, Kristin wäre
bereits da, ihre Schwester meinte nur, sie käme später,
sie müsse sich noch um das Haus kümmern, sie haben
wohl einen Sturm und Regen angesagt. „Ach ja, deine
Mutter hat angerufen. Keine Angst. Sie wünschte dir nur
alles Gute für deinen Auftritt, du musst sie nicht extra
zurückrufen." Ich ging auf mein Zimmer, ratlos,
mit welchem Programm ich es gleich verlassen würde.
Ein kitschiges Liebeslied war zu wenig, ich hoffte auf die
Hilfe des Sturmes, vielleicht würde er meinen Auftritt
soweit verkürzen, dass ich mit einem blauen Auge
davon käme, nicht aber mit meinem schlechtem
Gewissen, welches mir wohl mein Leben lang erhalten
bleiben würde.

Ich stimme ein,
in Wortlos' Lieder,
Geister wühlten schon in ihrem Staub,
hofften auf ein Mehr,
nun wühle ich dort,
wo einst ein Name,
…verwischte Geschichten
die mit denselben Lettern geschrieben.
Wind greift in mein Haar
und nimmt, nimmt, nimmt,
bis ich nur mehr eine Schicht,
unter vielen bin.

Kapitel 10 - Erreiche nun die Höhen

Ich stimmte die Harfe und griff nach einem der
Gedichte, welche mir der Autor in die Hände drückte,
irgendeines und lief zur Bühne. Ein warmer Wind
blätterte in meinem Haar und zupfte an dem
mitgebrachten Blatt Papier und er brachte erste Tropfen,
die kleine Augen auf das Blatt zeichneten. Am Mikrofon
stand ein Pärchen, er hatte eine Gitarre, beide sangen
und ich sah wie die Beine von T-Bone und seinem Vater
dazu im Takt wippten. Eagle winkte mich zu sich.
„Nervös? Glaub mir, das ist gut, das ist Demut, vor der
Kunst und vor dem Publikum. Hast du dein Programm?
Sag einfach Ja. Der Wind nimmt zu, wahrscheinlich trägt
er schon einen Sturm auf seinen Schultern. Lass dich
von den paar Tropfen nicht schrecken, es sind Freuden-
tränen, je mehr, umso schöner!" Er nahm meine Hand
in die Seinen, drückte sie und entließ mich mit einem
Lächeln. „Ach ja, hier…nimm, er wird dir Hilfe leisten."
Er reichte mir einen Stein.
Auf der Bühne wehte der Wind stärker. Der Tonmann
justierte zwei Mikrofone, eines vor die Harfe, eines vor
mein Gesicht und brachte mir einen Stuhl. „Brauchst du
sonst noch was, einen Notenständer vielleicht? Und der
Zettel?" Ich legte ihn vor mir und Eagles Stein darauf,
der ihn festhielt, auch wenn der Wind nicht von ihm ließ.
Nelly kam noch zu mir hochgelaufen, legte kurz ihre
Hand auf meine Schulter, griff sich ein Mikrofon und
stellte mich den Leuten vor. Ich bin mir sicher, dass mich
niemand kannte. Besetzt waren höchstens die ersten

beiden Reihen, neben Eagle saß jetzt Kristin, die mir
zuwinkte und daneben, Dhafer in einem weißen Kleid.
Für Befremdlichkeiten war keine Zeit. Eagle nickte,
das war mein Zeichen. Ich spielte das Intro von
„Loveloser/Lovebringer", hielt kurz inne und widmete
diesen Song meiner Mutter und meiner Großmutter.
Ein kurzer Applaus. Ich wusste nicht ob man mich hörte,
der Wind blies stärker und rüttelte an den Mikrofonen,
als das Mikro der Harfe sank, kam der Tonmann
gelaufen und schraubte es wieder in die Ausgangshöhe.
Meine Finger tanzten, meine Stimme klang wie die einer
Krähe. Niemand hatte einen Vergleich, niemand kannte
mich, sie nahmen es hin und am Ende applaudierten sie
der unbekannten Frau mit der seltsamen Stimme.
Der Wind wühlte nun in unseren Haaren, nur Eagles
und T-Bones Zöpfe widerstanden dem Tanz,
nur ein leichtes Wippen an ihren fransigen Enden.
Das was ich hatte, hab ich gegeben, der Sturm ließ mich
im Stich, mein Wunsch fand keine Gnade,
die Pause wurde länger und die ersten Augen im
Publikum waren zu einer Frage geöffnet, der ich noch
keine Antwort leisten konnte. Plötzlich erklang eine
trockene E-Gitarre, trocken wie Wüstenstaub, der nun
durch den Wind wirbelte. Ich kannte die Melodie,
es war dieselbe die ich vorletzte Nacht hörte und ich
stieg mit ein. Ein paar Töne nur, die sich irgendwann zu
einer weiteren Melodie reihten und ich begann zu
summen, erst leise dann lauter, da setzte eine zweite
Stimme ein, die mir so vertraut war. Das Publikum
applaudierte. Ich wusste, wenn ich mich jetzt umdrehe,

fiele ich aus dem Spiel, ich weiß nicht wie lange wir die
Melodie wiederholten, ehe ich damit begann,
das Gedicht zu rezitieren:

Gerecht und aller Liebe wert,
sanft deine Hand,
die ich nur aus der Fern' gesehen,
auch die Anderen,
die diese Erde hielten,
über mir ein Himmel,
hier und an anderer Stell',
jeder Tag ein Wieder und Wider,
in einer Blüte,
du selbst hast sie dort hineingelegt,
dein Name, mit Honig geschrieben,
um nichts kümmernd als um sich selbst,
gelb die Felder,
die uns beschenkten.

Damit es Liebe bleibt,
lass mich Bruder sein,
wenn da kein Hunger,
im Wolfe nicht die Jagd,
das ist, was die Sterne singen,
in der Fremde.
Ich-bleiben,
im Abschiedsgruß,
Heimatgefühle,
die ich ließ,
auf weißen Feldern,
die uns beschenkten,
in ausgehungerten Nächten.

Bis ich Schatten bin,
gehen Krähen neben mir,
auf den Gipfeln anderes Licht,
dein Kuss verborgener Biss,
deine Milch ist mir Gift,
wie Schlangenenden,
tanzt der Mohn, rasselt seine Frucht,
der Weizen fasst nach dem Wind,
Sonnengezähmt,
rot die Felder,
die uns beschenkten,
in ausgehungerten Nächten,
mit honigsüßen Mündern.

Grün die Felder,
die Saiten rostig und doch singt's Sommerlieder,
die Sterne die mich sehen,
sahen dich,
sah ihr Licht nicht altern,
wilde Blumen,
dort wo meine Hände sind,
sie üben Abschied.
Die Saiten leicht verstimmt,
ich stimme ein,
erreiche nun die Höhen,
die mir verborgen blieben
und mich doch beschenken.

Ich musste mich nicht umdrehen, irgendwann standen
Patti und Neil neben mir und wir sangen gemeinsam die
letzte Strophe des Gedichtes. Das Gesprochene war nun
innewohnende Melodie. Da erhob sich Dhafer und kam
zu uns auf die Bühne, während Neil ein weiteres Solo
aus der Melodie zog, begann Dhafer zu tanzen.
Sein weißes Kleid wirbelte und entglitt so dem Sturm,
der nun an allen zerrte. Er breitete die Arme aus,
eine zum Himmel hin gestreckt, die andere nach unten,
ihr galt der Grund, auf dem er tanzte. Dann begann der
Regen, erst schüchtern, dann vorlaut und
geschwätzig, als hätte er zu lange geschwiegen,
ein Kind unter Erwachsenen. Der Tonmann drehte den
Strom ab, die wenigen die noch blieben und nicht
fluchtartig das Trockene suchten, applaudierten.
Der Applaus war stumm, kaum vom Applaus des
Regens zu unterscheiden. Neil und Patti umarmten mich
bevor sie sich verabschiedeten, mit Worten,
die ich bis heute in meinem Herzen trage und dann
hinter der Bühne verschwanden. Kristin kam zu mir
geeilt, die feuchten Stufen stellten ihr ein Bein und sie
glitt auf die Bühne. „Ja, alles gut. Komm schnell,
wir sollen zu Eagle, dort kannst du deine Harfe
abstellen. Warte ich helf dir. Schade, das Gedicht hat's
wohl nicht überlebt. Aber der Stein…" Ich schob ihn ein,
packte meine Harfe und den Koffer und wir beide eilten
in Eagles Hütte, die nur wenige Meter von der Bühne
entfernt lag.

Der Sturm peitschte den Regen ans Fenster, von dort
aus blickten wir durch eine beschlagene Linse, wie er
über die Bühne wirbelte, er forderte alles und jeden zum
Tanz. „Wo ist Dhafer?" niemand hatte ihn seit seinem
Tanz mehr gesehen und doch wussten wir, dass wir
diese Frage nicht mit einer Sorge beantworten mussten.
„Setzt euch, Kaffee?" Alle bejahten, T-Bone und ich
gingen in die Küche und setzten den Kaffee auf.
„Das war gut, wirklich gut. Es wird wohl niemals einen
Mitschnitt davon geben, das erste Stück wird den Weg in
die Welt finden, das Zweite, gehört den Herzen,
die da waren. Ah Dad, dir geht es wohl zu langsam,
wir kommen gleich…" „Lass nur, irgendwo müssen
noch ein paar Kekse sein, wenn du Kaffee machst ist der
so stark, dass man Pferde damit in die Knie zwingt,
da braucht es etwas zum Gegensteuern. Wann geht dein
Flugzeug? Dann hast du ja noch etwas Zeit, falls der
Sturm nicht noch stärker wird und den Flugbetrieb in
die Knie zwingt. Was hast du heute Nacht geträumt?
Möchtest du es mir erzählen?" T-Bone verließ den Raum
und ich erzählte ihm von meinem Traum mit der
Harfe und den Fischen, während der Kaffee brodelte
und langsam seinen belebenden Duft verströmte.
Er nickte und fragte mich nach dem Stein, ob ich ihn
noch hatte. „Gut. Du musst ihm erst schwimmen lehren,
sonst zieht er dich nach unten." Ich ging vor die Tür,
der Regen sang noch immer sein Lied. Niemand befand
sich mehr auf dem Gelände. Ich wollte zum Wald,
spürte dass er mich rief. Da griff jemand meine Hand.

„Bitte bleib." Wir gingen hinein und ich bemalte mit
Eagle zusammen den Stein.
Ein Fisch mit einem grünen Herzen.